天——创世纪者，用缘维系人类。
缘者，情之源也，滋生万般爱情。

TIANYUAN QILIAN

天缘奇恋

漫古 / 著

九州出版社
JIUZHOUPRESS

图书在版编目（CIP）数据

天缘奇恋 / 漫古著. -- 北京 ：九州出版社，
2016.9
ISBN 978-7-5108-4776-9

Ⅰ. ①天… Ⅱ. ①漫… Ⅲ. ①长篇小说－中国－当代
Ⅳ. ①I247.5

中国版本图书馆CIP数据核字(2016)第243203号

天缘奇恋

作　　者	漫　古　著
出版发行	九州出版社
地　　址	北京市西城区阜外大街甲 35 号（100037）
发行电话	(010)68992190/3/5/6
网　　址	www.jiuzhoupress.com
电子信箱	jiuzhou@jiuzhoupress.com
印　　刷	北京九州迅驰传媒文化有限公司
开　　本	880 毫米 ×1230 毫米　32 开
印　　张	6.625
字　　数	131 千字
版　　次	2016 年 11 月第 1 版
印　　次	2016 年 11 月第 1 次印刷
书　　号	ISBN 978-7-5108-4776-9
定　　价	28.00 元

前情提要

　　故事讲述的是一九四九年前后至一九七八年前后，新中国建立三十年里，一代人成长的经历。

　　一个贵州麻尾出生的小男孩与远隔千山万水，看似毫不相关的浙江温州女孩，在冥冥缘分的安排下，从相识到相遇，相认，相依，相爱，热恋至"永别"的爱情故事。故事从正面、历史的角度展现了那个时代的年轻人的真实生活、工作和爱情，反映了年轻人与命运抗争，追求美好梦想，积极向上的奋斗精神。

　　故事以生活中真实的原型人物及他们的真实生活为基础，采用浪漫主义和电影特有的蒙太奇手法，跳跃式同时展现不同时空的情节，对丰富多彩的素材进行了精心的编排和时空压缩。使得故事的容量大且情节曲折，悬念不断，跌宕起伏。

目 录

引章　缘由天生

一九四九年，夏。

贵州麻尾。

入夜，高天发出嚓嚓的声响，金箭似的闪电从密布的浓云中射向大地。雷声轰鸣，乌云翻滚，天空在颤抖，大地在震动……

在轰隆隆的雷鸣散成一阵阵霹雳的刹那间，乌云已布满了天空。天变成了黑压压的一片，就像一张锅盖，把天空盖得严严的。

突然，天边划过一道长龙似的闪电，雷声越来越大。只听"哗"的一声，大雨就像塌了天似的铺天盖地从天空中倾泻下来。雨点连在一起像一片瀑布，风夹着雨，像在地上寻找什么似的，东一头、西一头地乱撞。

一道道闪电，一阵阵雷声。房顶上，街上，溅起了一层白蒙蒙的雾，宛如绷紧的素纱。雨点斜打在街面的积水上，激起了朵朵喷泉式的水花。天空中风呜呜地叫，好似一个幽灵在痛哭。

一个不到三十岁、身穿铁路制服的高个英俊年轻人，拉着背着急救包的中年医生在雨里奔跑。

"快点，快点！"年轻人抢过急救包，急切地对医生喊着。

瞬间，他们消失在漆黑的雨夜中。

浙江温州。

此刻，一所医院也浸泡在倾盆大雨中。窗外的电闪雷鸣包裹着医院小楼，隐约看出这是一所教会医院。

医院里灯光明亮，小楼里的医生、护士井然有序地走动和工作着。因为已经入夜，医院走廊上显得格外安静。

忽然，一个三十出头，中等身材，绅士模样的男士急匆匆走到护士值班台前。

"护士小姐，我夫人肚子很痛，麻烦你去看看。"男士虽然很急，但还是压低声音，轻轻地说。

护士起身，跟着他急步走进 6 号病房。

时间不长，病房里一阵骚乱后，门被男士用力拉开，一位漂亮但显得十分痛苦的产妇被推了出来。

"难产！"

护士丢下这句话后，头也不回地推车向手术室奔去。

小楼外的雨更大了。

贵州麻尾。

雨中，顺着铁轨向前望去，几点昏暗的橘黄色的灯光在瓢泼大雨中时隐时现，模模糊糊看出不远处一片低矮房屋的轮廓。

滴滴答答漏雨的房间里，年轻秀气的妈妈怀抱着一个三岁大小的小女孩着急地走来走去，木板床边站着一个五六岁样子的清秀的小男孩。

"小斌，你看好你妹妹，我去看看你爸爸。"说完，把昏迷的小女孩放在床上，盖上一条被单，冲进雨里。

小斌拉起妹妹的手。妹妹手腕上套着红线穿起的一颗乳白色心形和田玉。

"妹妹！妹妹！"男孩一边摇着她的手，一边轻声地呼喊。

小女孩挣扎着睁开眼睛，混浊的眼神显出无尽的痛苦。

"哥哥！"小女孩的泪水雨水般滚落下来。

"小曼，爸爸马上就把医生接来了，你没事的。"男孩紧紧用双手握住妹妹的小手。

"别怕，有哥哥在！"他安慰着妹妹。

女孩慢慢地闭上双眼。

男孩刚刚松开双手，一道重重的闪电划过，紧接着"咔嚓"一声巨响。两个孩子吓得抱在了一起。

"哥，我怕！"

"别怕，别怕，哥在，哥在！"

浙江温州。

教会医院依然浸泡在倾盆大雨中。

产房里，一个女婴被从子宫里拉出，脐带随便一剪一扎就被扔到了一旁。

"快，快，大人不行了！"医生急切地叫着。

"大出血！血！血！"医生一声高于一声，医生、护士忙乱起来。

窗外的电闪雷鸣包裹着医院小楼。

"孩子！孩子！孩子不行了！"一个护士突然发现被遗忘在一旁的刚刚出生的女婴，因为脐带没有扎紧，血不断地往外渗出。

女婴没有哭声，赤裸的全身泡在血泊里，全身已经由红变白，拳头般大小的脑袋耷拉下来，眉头紧锁，四肢蜷缩。

一个医生急急转过身，重新扎紧脐带，拎起女婴的双脚拍打起屁股。

贵州麻尾。

漏室里的小女孩，尽全力，微微睁开双眼，不舍地盯着身旁紧紧握住自己小手的哥哥。

"哥——"微弱的呼唤声中，小女孩又渐渐地无力地闭上了双眼。小手滑落在床边，手上的红线白玉也随之滑落到腕下，乳白色的玉心在两双小手背上闪过一道青色的寒光。

"小曼。"

"小曼。"

"妹妹——！"

男孩凄惨的喊声穿透黑暗的雨夜，在雷电中回旋。

年轻的爸爸妈妈，一个拉着医生，一个背着药箱，在闪电中冲进屋子，浑身滴水的医生扑到女孩的身边。

此时，女孩小曼的身体中似乎有一股白雾状的东西悠悠升起，向东方飘去。

浙江温州。

医生和护士们还在忙碌地抢救着失血过多的婴儿。输液、吸氧的各种管子缠绕着女婴。

突然，窗外漆黑的大雨中似乎有一团白雾状的东西挤进窗缝，包围住一动不动的女婴。

"嗯！"随着一声微弱的鼻息，婴儿孱弱的身体动了一下，白雾仿佛被她的身体吸了进去。

"王先荣？王先荣？"护士大声对门外喊。

"在，在。"有着绅士风格的王先荣急忙跑进来。

"上帝保佑，孩子救过来了，大人也安全了。"一个外国医生用生硬的中文对他说。

"谢谢，谢谢。"他急忙走到婴儿旁。

这是王先荣的第八个孩子，一心想生个男孩的他望着因失血过多而变得惨白的又一个女娃，心中像十五个吊桶打水——七上八下的，不知是什么滋味。

"王先生，给孩子取个名字吧。"

产房里所有的人都看着他。他走到夫人面前，用眼神征询她的意见。夫人闭上了双眼，泪珠从长长的眼睫毛里滚落下来。

"就叫王晓曼吧。"王先荣轻轻地说。

"哇——"

九死一生的孩子终于发出了落地后的第一声，这哭声冲出窗外，向黑夜雨天的深处飘去。

第一章　进京入沪

一九五四年，北京，晴空万里。

一列火车缓缓地开进北京前门车站。

蒸汽机车头喘着粗气，暗绿色的蛇一般长长的列车蒙着厚厚的烟尘渐渐停了下来。前门车站仅仅有三个站台，从南方来的列车停靠在第二站台。车门一开，各色各样的人涌了出来。贺小斌一家九口夹杂在人流中走出破旧却有着中西建筑完美融合的北京前门火车站。

有些晕车的贺小斌昏昏沉沉地跟着爸爸贺斌往外挤。他只记得在贵州上车时只有爸爸、妈妈和他，后来在衡阳接上爷爷、奶奶和弟弟，在岳阳接上外婆、姐姐和妹妹。一家九人在火车上团聚到了一起。

走出低矮窄小的检票口，人们四散开来，颠簸疲惫的贺小斌一下子被前门大街的繁华热闹吸引住，精神一振。原来这里是北京铁路客货运输中心枢纽，车水马龙，摩肩接踵。他抬头一望，高大的正阳门矗立在眼前，再扭头向前远望，宽阔的广场和威严的天安门神奇地出现在前方。

"天安门！天安门！"贺小斌高兴地跳着向前奔去。

他记起：一个月前，爸爸兴奋地从外面跑进家，对着妈妈高声喊道："调令来了！调令来了！我们要进北京了！"

男孩不知道什么叫"调令"，也不知为什么进北京会让爸爸如此激动，他只是茫然地看着抱在一起的爸爸和妈妈。

现在，当他真真切切地站在天安门前时，虽然还有一种没有缓过神的感觉，但爸爸妈妈当时的高兴他好像突然明白了许多，妹妹去世后很少笑的他，开心地笑了。

"妹妹，我们到北京了。"

贺小斌打开紧握的拳头，手掌里是那颗妹妹遗留下来的乳白色的心形和田玉。

小斌还没有转过神来，就被父亲连喊带拉地引到前门一侧的公共汽车站前，很快登上一辆长面包一样的汽车。

车体红白相间的公共汽车从天安门广场的东侧拐进高高矗立的天安门前，车内所有的乘客几乎同时趴到了汽车北侧的窗户，注视着这座神圣的建筑。

几秒钟，天安门消失在汽车的背后。十几分钟，汽车在一个叫西单的地方右拐，径直向北开去。

北京，北太平庄。

贺小斌一家在北太平庄下车后，又走了一段时间，来到花园路的南路口。

花园路是一条南北向的细长的柏油马路，两边挺立着笔直的间隔相等的白杨树。树后十几米的东西两侧分别是红砖墙围起来的两个巨大的院子：西侧是"解放军测绘学院"，东侧是"铁道部干部学校"。

确立北京为首都后，国家各部委，解放军各总部，中央各直属机关，纷纷圈地建院，形成了后来北京的大院文化。这种文化和老北京的胡同文化交织在一起，光怪陆离。

干部学校大门的西侧有三座脚手架还没拆光的建设中的宿舍楼。中楼是学校管理干部的家属楼，东楼是学校勤杂人员的家属楼，而西楼是学校教师的家属楼。

贺小斌从西楼的门洞里走出，他看见前面不远处堆着一大堆沙子，三步并成二步跑了过去。

他先用手掌拍实沙子，然后蹲下身子掏了起来。他按着来北京看见的山洞样子，掏出上下两层贯通、有多个出口的沙洞后，一屁股坐在沙子上，高兴得欣赏起来。

"刚来的吧？"

突然，四五个年龄和他相当，从中楼出来的小孩来到他的面前，一个高出他小半个头的男孩一脚踩塌沙洞，挑衅地看着他。

小斌一愣，猛地站起，狮子般向对手扑去。

两个男孩扭打在了一起，从沙堆上滚到沙堆下。一会儿他压住对手，一会儿又被对手翻了上来。沙子扬起，两个孩子满身满脸都是沙子。

"别打了！"

不知什么时候，小斌的爸爸来到两人面前，一把拉起他。

"还这么野。"

爸爸一面拍打着儿子身上的沙土，一面厉声喝道。

"你要知道，你现在不是乡下人，是北京人了。"

"北京人？！"

男孩不知道这三个字有什么特殊意义，茫然地看着爸爸。

贺斌微笑地摸摸他的头说："对，北京人。"说完他仰面看着宝石蓝般的天空，陷入沉思。

贺斌毕业于湖南长沙第一师范，毕业后在铁路系统以校长和语言学专家的身份从事教育工作。后又秘密加入了共产党，在贵州和广西一带从事学生运动。新中国成立后，铁道部在北京建立干部学校，他通过层层筛选被调入北京担任干部学校新闻系语文教研组组长，并保送到人民大学读研究生深造。

他强烈地有一种"春风得意马蹄疾"的感受。

上海，外滩。

就在贺小斌一家风光进京的时候，温州男士王先荣在外滩十六铺码头出口处来回地走动着。

10

他已经没有了西装革履的绅士风度，穿着蓝色长袍，时不时看看手腕上的手表。现在，只有这块劳力士手表才能让他想起，他曾是一个有身份的银行副经理。

他踱着步子，想着近段时间发生的事情：温州解放不久，正在开展镇压反革命运动。一天，渔民组成的戴着红袖章的人群冲进他家的小楼，开渔行的父亲被连拉带拖地带走，一时没有了下落。作为温州银行副经理的他，像热锅上的蚂蚁不知如何是好。

屋漏又逢连阴雨，银行的钱被骗，合伙人卷巨资逃到香港。

风声越来越紧，虽然他的三个大女儿都早早地参加了革命，但他还是觉得自身难保。他只身急急逃出温州，来到上海避风头。

他利用自己的会计专长在上海一家小厂找到一份工作。他心中始终惦记着家人，一租到房子就急急打电报要夫人把孩子们都带到上海来……

"呜——！"一声客轮特有的汽笛声把他从回忆中拉回，他急忙挤进人群。

"在这呢——！"他向蜂拥走出客轮的人群挥着手。

人群里，四个小孩簇拥着一个漂亮但显得无比失落的夫人向外挤。夫人后面紧跟着一个保姆模样的妇人，抱着两岁的从死神手里抢救过来的那个叫王晓曼的女孩。

"爸爸，爸爸！"孩子们争先恐后地叫着。

接到家属的男士高兴地拍拍每个孩子的头，抱过保姆怀里的女孩，把小女儿高高举起。

"晓曼，宝贝，到上海了，到上海了！快叫爸爸！"

小女孩无邪地睁着大大的水汪汪的眼睛好奇地望着黄浦江上空湛蓝的天，露出天真的甜蜜的微笑。

"爸——爸——！"

刚刚学会讲话的晓曼，声音清脆。她伸出白嫩的小手向远处指去，手腕上套着红线和黄金丝线绕在一起的手环，上面吊着一颗乳白色的心形玉坠。

四川南路，是紧邻外滩但不是很宽的一条南北向的马路，马路两旁一座座五六层高的写字楼与深邃阴湿的石库门混叉搭配地连绵伸向远方。路上车水马龙。

一大家人，好奇地东张西望地来到一座写字楼模样的四层建筑面前。

"到了，到了。"王先荣招呼着大家，率先走进楼房。

写字楼早就被改造成了民居。所谓的住家，就是一间间用木板隔开的十几平方米的房间。窄小的走道两头，是公用的厨房和几个必须排队才用上的水龙头。而烧饭做菜的公用厨房的一旁，竟然就是敞开式厕所。一边是切菜烧饭的叮咚声，另一边则是洗马桶的唰唰响。

漂亮的太太和身旁的五个孩子被吓住，愣在楼梯口。傻傻地看着眼前的情景。在温州他们有着自己的一栋楼、花园和包车。夫人只想来到上海应该比原来更好才对，可眼前的一切……

王先荣却好像没看见一样，抱着两岁的晓曼继续往里走去。

“妈妈，来。”

晓曼甜甜地叫着，向后面挥着手。昏暗中，手腕上的玉坠划过一道神秘的光弧。

第二章　少年初逢

一九五八年，北京。

地处北京城中轴线最高点的景山公园，松柏葱郁，古树参天。登高远眺，俯瞰全城。

风景秀丽的景山公园北面，以寿皇殿为中心的一处皇家园林里，坐落着刚刚成立不久的北京市少年宫。少年宫的影壁前，矗立着击鼓、吹号和高举少先队火炬的大理石雕像，给所有进来的小朋友一种激昂的天天向上的感觉。

少先队雕塑旁，金黄色杏树下，配殿的阶梯上，不同年龄的少先队员们嬉戏追逐着。少年宫内，有的孩子在红墙落叶下玩耍，有的则在百年古柏下练习着各种乐器。院子深处的琴房里，传出时断时续的各种琴声。

有人演奏起肖邦的《革命练习曲》。

琴声从突然闯入的不协和的和弦开始，飞快的音符好似汹涌澎湃的波涛，一刻不停地在冲击；高音区的旋律时而慷慨时而沉痛悲哀；和声的发展转瞬之间把音乐引向紧张高涨，转瞬间又趋向舒缓松弛；琴声形成一股壮阔的感情巨流，波澜起伏，扣人心弦。

顺着琴声寻去，一间琴房里，背对着门，一个白衬衣蓝裤子系着红领巾的少年正在全神贯注地练习弹奏着这首肖邦练习曲。

"贺小斌！"有老师敲门。

钢琴声戛然而止，少年站起，转过身。

"李老师，您有事吗？"他拉开门，彬彬有礼地问。

多年过去，在北京长大的贵州麻尾来的野孩子，已经完全脱胎换骨。一米六左右的个子，清秀白净但英气勃勃的脸庞，一口地道的北京话。

"贺小斌，有件事你要帮忙。"李老师边说边推开门，身后跟着一个腼腆的漂亮小女孩，女孩手里抱着一本琴谱。

"她是上海中福会少年宫合唱团的。"李老师指指身后跟着的小女孩。"哦，你叫什么来着？"

"王晓曼。"小姑娘轻声答道。

"晓曼？"这与贺小斌去世妹妹的名字同音，他有些兴奋，连忙向小姑娘看过去。

已经长大的温州小姑娘很可爱，白皙的皮肤把软软的胳膊衬显得像白白的莲藕一样，手腕上依然戴着红线穿吊的乳白色心形玉坠。水汪汪的眼睛像两颗黑葡萄，嵌在她那胖乎乎、粉嘟嘟的小脸上。

"是这样，王晓曼是他们合唱团的领唱，晚上要演出。"李老师一面说，一面把晓曼拉到贺小斌的面前。

"可他们的钢伴老师突然病了，没人给他们伴奏了……"

贺小斌已经对这个与自己过世妹妹名字同音的女孩有了好感。他忙说："那就我来弹吧。"

王晓曼笑了，脸上露出两个圆圆的酒窝。贺小斌重新坐到钢琴前，王晓曼连忙把乐谱打开放到钢琴谱架上，站在了钢琴的一侧。

一段华丽优美的钢琴前奏后，甜美的歌声传出屋外。

我们的田野，

美丽的田野。

碧绿的河水，

流过无边的稻田。

无边的稻田，

好像起伏的海面。

……

晚会的舞台上方挂着红色的横幅"热烈欢迎上海中福会少年宫合唱团"。台下坐满了安静的戴着红领巾的少年和辅导员。

舞台中央已经整齐地高低有序地站好了两排少先队员。

报幕员缓步走上舞台。

"下一个节目，合唱：《我们的田野》！"

报幕员顿了一下，接着报出：

"领唱：王晓曼。

"钢琴伴奏：贺小斌。"

晓曼身穿白衬衣，花裙子。小斌白衬衣，蓝短裤。两人胸前都飘着鲜艳的红领巾，一前一后地快步走出。

当两人站定，举手向台下的观众行少先队队礼时，雷鸣般的掌声响起。

闪光灯一闪，一张照片留下了他们的瞬间。

演出圆满结束，贺小斌告别了王晓曼和上海中福会少年宫合唱团的小朋友们，高高兴兴地踏上了回家的路。

晚上十点，北京市内还是灯火辉煌时，郊区的北太平庄已是黑乎乎的一片了。贺小斌从 22 路汽车上下来急急地往家里赶去，平时他参加完少年宫的活动都是下午五点左右就回家了，他知道家里人一定着急得要命。

他一路小跑，当看到干部学校西家属楼星星点点的淡黄色的灯火时才放慢步子，哼着"我们的田野"的旋律走向 1 单元门洞。

刚刚跨进单元门，小斌感到一种莫名其妙的压抑气氛，他猛地停下哼唱，放轻脚步。

贺小斌的家在 1 单元 2 号，一条长长窄窄的过道两侧是门对门的两南一北的住房和厨房。小斌和爸爸妈妈一间，外婆带着姐姐和妹妹一间，爷爷奶奶带着弟弟住在北房。

17

小斌刚要拐进爸爸妈妈的房间，姐姐不知什么时候突然出现在他旁边，一把拉住他，害怕地指着房门向他一个劲地摇头。

"老贺，老贺，你别这样。"屋里传出妈妈哀求的声音。

"砰——"传来玻璃杯砸在水泥地上的一声巨响。

"我不要你写大字报，提意见，你偏不听……"妈妈嗫嚅地不敢再说下去。

"啪——"爸爸一巴掌拍在桌子上，大声吼道："是我要提意见吗？是一遍又一遍地动员我们提意见，一遍又一遍地讲帮助党整风。我刚刚提了两条，就说我是右派，说我反党，真是岂有此理？！"

……

贺小斌听不明白"右派""反党"是什么意思，他只是知道爸爸从来没有发过这么大的火。他也害怕起来，拉着姐姐的手拐进了外婆的房间。

上海。

八岁的晓曼结束了北京的交流演出，高高兴兴地回到了上海。队伍在少年宫解散的那一刻，她好像换了一个人，脸上的笑容消失得无影无踪。

她漫无边际地在南京路上走着，她不想早早回家。她一想到那八个人挤在一起，吃喝拉撒都要轮流回避的十五平方米的房间；一想到从来都没有笑容的妈妈；一想到仅用薄薄木板隔开连放屁都能听到的隔壁邻居的吵架；一想到她小小年纪每天都要凌晨四点起来排队买菜的生活，她怎么也快乐不起来。她唯一高兴的事就是每星期一次的少年宫活动，她唯一满足的就是有一个天性乐观的爸爸。

"晓曼，晓曼——"她刚刚从延安东路拐进四川南路就听到四姐的呼叫。她听出四姐的声音有些不正常，急忙跑了过去。"晓曼，不好了，爸爸要被工厂保卫科抓起来了。"王晓曼并不知道"抓起来"是什么意思，她只是感觉到家里出大事了，她撇开四姐，三步并作两步向家奔去。

王晓曼刚刚跨上三楼就看到自己家的门口挤满了人。她紧跑几步，分开众人钻了进去。

屋子一角的床头坐着受到惊吓的妈妈，大哥和五姐护在两旁。爸爸默默地在收拾自己的东西，后面站着一个工厂保卫科干部和一个公安局民警。

"爸爸，爸爸！"晓曼冲到爸爸身边。

爸爸看了她一眼没有说话。

"你们为什么抓我爸爸？"晓曼转身质问那个工厂保卫科干部。晓曼平时经常到爸爸厂里去玩，给工人唱歌听，她认识这个干部。

那个干部也认识晓曼，他和晓曼对视了一下，连忙避开晓曼那纯净的眼神对晓曼爸爸说："王先荣，你自己跟家里人说吧。"

王先荣拉起晓曼走到夫人身边用温州话说："前两天我看到厂

长在办公室欺负一个女工，就制止了他，他就诬告我是国民党，还说我是国民党的小头头。"

"不许讲温州话！"那个公安局的民警大声呵斥。

"你知道的，我什么党都没有参加。"他看看身后的干部，转用上海话大声说："他们要带我去审查。不用怕，我们老大、老二、老三都是共产党员，他们能搞清楚的。"

王先荣回身拿起刚刚收拾好的行李，弯下腰拍拍晓曼的头说："多帮妈妈做点家务，在少年宫好好唱歌，我很快就会回来的。"

晓曼茫然地看着爸爸。

第三章　西去列车

一九六一年，夏。

饥荒像雾霾一样笼罩着中华大地。

中国两个最大的城市——上海和北京的人们在政府的极力保护下，凭着各种票证维持着半饥半饱的生活。市民们因时不时听到偏远地区有饿死人的消息传来而惶惶不可终日。

凌晨四点，小学五年级的王晓曼摸黑从地板上爬起来。她轻轻地穿好衣服，拎起门边的竹筐，把门推开一条缝，蹑手蹑脚地挤出房门又顺手关好。楼梯是木板的，她怕影响一楼人的睡眠，不敢大步走，在昏暗的灯光下，深一脚浅一脚像做贼一样下到一楼，脚刚踏上马路，就飞一样地向福州路菜场跑去，她必须在菜场开门以前排队排在前面。

自从爸爸被定为"历史反革命"押解到宁夏某监狱服刑后，家里进入了最艰难的时光。经济上靠妈妈在里弄打零工和三个外地的姐姐寄点钱维持生计。大哥读师范学院，四姐读高中，五姐读中专，二哥是妈妈的宝贝从不做家务，买菜的任务就落在了她的肩上。发下来的票证根本无法满足一家六口的生活需求，她就只好每天凌晨赶到离家较远的大菜市场，抢购一些不要票证的残菜和捡拾出来的臭鱼烂虾，来维持家里一天的生计。

当笼罩黄浦江的浓雾开始散开，晓曼疲惫地挎着竹篮从菜场里走出。

上海的夏天，闷热潮湿，马路两边整夜睡在外面的男人，千姿百态，有的光着上身斜靠在竹椅上，有的手握着蒲扇平卧在板床上，还有的干脆趴在直接铺在地上的草席上。

晓曼刚刚从这些还没有睡醒的人旁拐进四川南路，就听到身后有一个女人用普通话叫她。

"小同学，请问四川南路3号往哪个方向走？"

"跟我走吧。"晓曼想也没想地回答。走了两步她猛地一愣："四川南路3号不是我家住的那栋楼吗？"她急忙回头问："你找哪家呀？"

"王先荣家。"

晓曼猛地停下步子，仔细地打量着那个女人："二姐，二姐！"

"阿曼，是你啊！"被叫着二姐的女人先是一愣，紧赶两步，接过晓曼手中的菜篮。

王晓曼的妈妈十五岁结婚，十八岁就生下了二姐，她比晓曼整整大了十五岁。在晓曼还不懂事的时候，二姐就参加了解放军的文工团离开了温州，后来又随部队参加了朝鲜战争。爸爸的事情出来后，被迫转业留在了东北，她从来没有来过上海。

晓曼是在照片里认识二姐的，二姐穿着军装在朝鲜战场演出的飒爽英姿给她留下了深刻的印象。

"二姐，你怎么来上海了？"晓曼惊喜好奇地问。

"我不能来上海吗？"

"不，不是，你从来都没回来过……"

"妈在家吗？"二姐打断她的话，严肃地问。

"在。"

"那好，先回家再说。"二姐说完便加快了步子。

北京。

铁道部干部学校家属宿舍前面的小足球场早已被开垦成农田。

各家各户都分到一长条耕地，上面种上了各种各样的农作物，有红薯，有玉米，有高粱，还有萝卜青菜一类的各种蔬菜。一小块一小块的，一看就是各家各户为抵御饥饿胡乱种植的。贺小斌正在爷爷种的红薯地里采摘着红薯叶，奶奶正等着他的红薯叶，玉米面拌红薯叶蒸窝头是他们的晚饭。

他一边翻腾着红薯的藤蔓挑选较嫩的薯叶，一边时不时地抬头向东面22路公交车站的方向张望，他焦急地等待妈妈的归来。

爸爸被定为"右派"后就被发配到京包铁路沿线一个地图上找不到的地方去敲打铁路路基用的石头去了。一开始音信皆无，妈妈急得像疯了一样天天往学校政治处跑，后来才得知爸爸是在一个叫迎水桥的小站下了车，又往下派到离车站上百里的采石场。那里不通邮，要一个月才会有一次人员进出带出信件。

和爸爸有信件来往后，妈妈的情绪稳定了很多，一家老小平稳地度过了几年。

可是当偏远地区有饿死人的消息传出后，妈妈又开始焦急起来。每当接到爸爸的信，妈妈都要反反复复地看爸爸的信里有没有饿死人的信息，可爸爸的信里总是说能吃饱，要全家放心。

这次，当一连几个月没有收到爸爸的来信后，妈妈坐不住了，她又天天往学校政治处跑，今天一早就出门，到下午都还没有回来。

当小斌远远看到妈妈的身影后，立刻把手中的红薯叶扔进篮子里，跳出红薯地向妈妈奔去。

上海。

王晓曼家里，全家都围在二姐的周围。

二姐面对着一脸愁容的妈妈略显激动地说："妈，爸爸是被冤枉的！"

妈妈没有反应，她心里早就认定自己的丈夫是被冤枉的。她看着二姐的眼睛淡淡地说："你刚知道是冤枉的啊？"停了一下接着说："冤枉了又怎么办？现在被冤枉的人还少吗？"

"不是的，妈！"二姐看妈妈没有理解她的意思，放慢了说话的速度。"妈，我这次回上海就是要帮爸爸平反！"

一语激起千层浪，妈妈和弟妹们几乎同时站了起来。妈妈颤抖着伸出长年在水里浸泡已经变形的手抓住二姐的衣襟："你说什么？！"

"妈，你坐下，听我慢慢说。"二姐看了一眼晓曼，晓曼连忙拉了妈妈一下，和妈妈一起坐在了床沿上。

"我在朝鲜演出时认识了一个男朋友，是个飞行员。"二姐讲到自己的男朋友时脸上闪过瞬间的红晕。"我们现在分手了。"红晕过后脸上一片灰白。

全家都屏住呼吸盯着二姐。

"我们申请结婚，组织没有批准，爸爸的事影响了我们。"本来声音越说越小的二姐突然提高了声音说："可是他把爸爸档案的情况告诉了我！"

"档案？"晓曼不知道什么是档案，疑惑地自言自语。

二姐没有理会她，接着说："他说爸爸的档案里根本没有证明他是国民党的材料，只有他厂长的一封举报信。"她停顿了一下："我让大姐到温州公安局去问，公安局的人讲，他们从来没有出过爸爸是国民党的证明材料，上海方面也从来没有人来调查过。"

"那让温州公安局出一份爸爸不是国民党的证明行不行？"晓曼的大哥插嘴问。

"他们不愿意出这种证明。但爸爸肯定是被诬陷的。"二姐斩钉截铁地说："我这次回来就是要找爸爸的工厂和上海公安局……"

"工厂就不要找了！"没等二姐说完，妈妈就截过来说道："你爸临走时已经告诉我，是看见了厂长在做坏事才被抓走的。明明是厂长打击报复，你找厂长有什么用？"

"那我找公安局！"二姐愤愤地说。

"公安局和厂保卫科是一条线，他们不串通好怎么能定你爸历史反革命？"妈妈似乎很早就想好了这些，平静地对二姐说："我看你还是想办法打听你爸爸关在哪里，去看看你爸爸，听说西北有饿死的人了。"她顿了一下，把晓曼推到二姐面前说："阿曼也放假了，你带着她去找找你爸爸，如果他还活着就把档案的事告诉他，看他怎么说。"

家里死一样沉静下来，偶尔传来走廊尽头刷马桶的声音。

北京。

贺小斌和妈妈一声不吭地坐在西直门火车站简陋的候车室里，候车室里旅客不多，嘈杂闷热。

他一双大眼紧闭着，脑海里浮现出这两天家里发生的事情。

那天妈妈从铁道部回来后就召开了一个家庭会议，一家三个老人和四个孩子都紧张地围坐在饭桌前。

"这几天我到学校政治处去和他们谈老贺的事。"妈妈停了下来，觉得在孩子们面前讲不妥当，就对姐姐说："你带他们到隔壁做作业去。"

孩子们刚走到门口，妈妈转头说："小斌你回来，你是长子，一起听听。"

小斌猛地觉得自己长大了许多，一种讲不清的责任感油然而生。他急忙回转身坐了回去。

听到姐姐的关门声后妈妈才对着三个老人严肃地说："今天他们才和我讲了实话。他们说老贺本来没有准备定成右派的，是扫尾时为了凑够名额给戴的帽子。"

小斌没有听懂是什么意思，但他见爷爷他们都露出了不可理解的诧异。

妈妈接着说："他们说把老贺发到兰州铁路局时，是要求下面按人民内部矛盾来处理的。可下面层层发配，才到了现在的地方，他们现在也没办法。"

她接着说："我在他们办公室发了大火，我说人都没有了消息，你们管不管。人要是死了，你们是要负责任的，我要告到国务院去！今天你们不给我一个答复我就不回去了。"妈妈停了一下说："后来政治部主任进来，我认出了他是老贺教过的一个学生，就抓住他，让他想办法。"

妈妈喝了一口水，放松了一下，可是老人们紧张了起来。

"后来怎么样了？"爷爷一口的湖南话急急地问。

"他说他们研究后觉得只有一个办法，既解决了老贺的问题，又不会引起下面有意见。"妈妈看看老人们瞪大的眼睛，接着说："他讲，我们全家搬出北京，以照顾家庭团聚为理由，把老贺调出重新分配。"

妈妈停了下来，全家哑然。

大概过了五分钟，妈妈叹了一口气说："他让我考虑考虑，说考虑好之前可以先去看看老贺。"她边说边拿出一张铁路免票。"我已经开好了一张铁路免票……"

"我去！"没等妈妈讲完，小斌大声喊道。贺小斌别的没有听得太懂，但要看爸爸他听懂了。

"你？！"妈妈有点吃惊。她本想自己去，但不放心家里老的老小的小，再加上政治处的人告诉她，老贺劳改的地方不适合女同志去，所以一直拿不定主意。她也想到让小斌去，但想到小斌只上初二，个子也没有长起来，只有一米六左右，所以她心目中的人选是爷爷。

"小斌爷爷，你看呢？"妈妈看着深思中的爷爷。她知道爷爷参加过秋收起义，后因奶奶的原因没有去井冈山，是个很有思想的老头。

"我看让小斌去吧。我这么大时已经在外面闯荡了，让他锻炼锻炼。"爷爷拍板说完，大家都没有再说话。

……

"还有没有去包头方向的旅客，马上就要停止检票了。"一个穿着铁路制服的人拿着大喇叭筒吆喝着，把小斌从回忆中拉了回来。

28

小斌睁开眼睛望着妈妈。妈妈慢慢站起身向检票口走去，小斌连忙站起来跟在后面。快走到检票口时，妈妈转过身子拿出铁路免票递给小斌："拿好车票，给叔叔检票。"

小斌机械地把票递给检票员。检票员拿着一把钳子一样的东西把票剪了一个小方口后递还给小斌。"你的票呢？"他转向妈妈问。

"送人的。"妈妈给他看了一下站台票。

检票员挥挥手，小斌和妈妈向里面连着两个月台的过街天桥走去。

西直门火车站是京包线（北京—包头）、京通线（北京—通辽）旅客列车的始发站和终点站。贺小斌去年秋天学校组织去八达岭长城秋游时就是在这里上的车，这里他并不陌生。

"妈，这条铁路是我们国家自己修建的第一条铁路，是詹天佑修的。"贺小斌想起了去年秋游长城的情景有点兴奋。

"哦。"妈妈径直走到 5 号车厢的门口，把小斌拉到身前，对站在门口的列车员说："同志，我儿子暑假去看他爸爸，是一个人，麻烦您路上照顾一下。"

"到哪儿啊？"列车员看了一下小斌。

"迎水桥！"小斌抢着回答。

"迎水桥？"列车员吃惊地看着小斌妈妈。"那是很小很小的一个站，连站台都没有，很荒凉的！"

"他爸爸会接他的。"妈妈平淡地回答。

"那好，你放心，到站我会叫他的，快上车吧！"

妈妈把小斌送上车，找好座位，放下书包，拉了拉他胸前歪到一旁的红领巾说："看到爸爸别忘了把缝在内裤里的粮票给他……"妈妈没有把话讲完。

停了一会儿说："昨天晚上我跟你讲的话都记住了吗？"她看小斌肯定地点点头接着说："都告诉你爸爸，让他放心等消息。"

开车的铃声响起。

"我走了，你自己小心一点，有事找列车员。"妈妈不敢再看小斌依恋的眼神，转身走下车厢，再也忍不住地用手捂住嘴巴，泪水夺眶而出。

黑色的蒸汽机车头冒着灰烟，吐着白气，一声长鸣，铿锵地慢慢地拉着暗绿色的十几节车厢向北爬去。贺小斌眼睛一直盯着窗外，他独自一人出远门到一个未知的地方去寻找爸爸，心里有些恐惧，又有一些好奇，他不知道是一种什么感觉。

从他眼前闪过的高大杨树越来越快，越来越少。车过南口后，几乎就看不见什么树，眼前是大片的沙石滩，远处是隐隐的燕山山脉。

"八达岭快到了。"小斌默默地想。他收回眼神，靠在椅背上，看看周围陌生的人，感到了一种无助的孤单。

过了一会儿，火车渐渐慢了下来，广播里传出列车员的声音："旅客同志们，青龙山火车站就要到了，要去八达岭长城的在这儿下车了。青龙山站矗立着詹天佑先生的铜像，他是我们国家第一个设计修建铁路的工程师。我们现在行驶的这一段铁路就是詹天佑先生负责修建的，它要经过内外长城间的燕山山脉，沿途要穿越许多险峻的山岭……"旅客们听到列车员的介绍，纷纷趴到窗口，向外张望，有的甚至把头伸出窗外，高兴地指点着渐渐靠近的青龙山火车站。

火车刚刚停稳，人们一拥而下，纷纷向詹天佑全身铜像走去。贺小斌因为去年秋天刚刚来过，他没有下车，只是打量着车下匆匆的人群。

几分钟后，一阵电铃急促地响起，停留在车站的人群纷纷向各自的车厢走去。

贺小斌突然一愣，他看见一个系着红领巾的小女孩跟着一个年轻的阿姨从詹天佑铜像那边快步从他眼前走过，在3号车厢匆匆上了车。

"是她？"女孩的侧影让小斌有点惊讶。"不会吧，怎么可能呢？"他身不由己地站起身向3号车厢走去。

火车开动，车厢咣当咣当地摇摆起来。小斌快步走进3号车厢后就踮起脚向车厢里张望寻找起来。当他看见中间位子上女孩的背影时，犹豫起来。片刻，他拉了拉胸前的红领巾，装作无事的样子向前走去。当他路过女孩时转头看了一眼，女孩正好转头向窗外看，他没敢停留，走了过去。

走到车厢尽头后他又转身往回走来，这一次他可以正面看看这个他似曾相识的小女孩了。刚走几步，小女孩正好抬起头，两个人的眼睛对视在了一起。小女孩瞪大了眼睛，嘴巴微微张开，身不由己地慢慢站起身子。随着小斌越走越近，女孩的神情由惊讶变得兴奋，又由兴奋变得激动，嘴唇都有些微微发抖。

"王晓曼！"

"小斌哥！"

两人几乎是同时叫了出来。

"二姐，二姐，这就是我在北京少年宫认识的贺小斌哥哥。"晓曼喊叫着向坐在旁边的二姐介绍。晓曼二姐抬起头看着贺小斌，紧锁的眉头略微舒展开一些。

"贺——小——斌？"她拖长声调地问，仿佛在回忆这个生疏的名字在哪儿出现过。

"阿姨好！"小斌有礼貌地问候了一声。

"你们认识？"二姐好像突然想起来地说："哦，哦，你们在北京少年宫认识的，阿曼说起过。"原来她刚才根本没有听到晓曼的介绍，一味地沉浸在自己的事中。"来，坐，坐。"她指了指对面空着的位子。

她看小斌坐下，和气地问："你到哪儿去啊？一个人吗？"她边说边四周望了望。

"我到迎水桥，去看爸爸。"小斌爽快地回答。

"什么？！"二姐几乎跳了起来，她本是无心随便一问，可'迎水桥'三个字像针扎了她一下。"哦，哦……"她为了不让小斌看出她的变化，扭过头不再说话。

"太巧了，我们也是去'迎水桥'，我们也是去看爸爸！"王晓曼兴奋地说。

二姐拉了一下晓曼的手，还准备继续讲下去的晓曼一下闭上了嘴。

贺小斌看出了这一变化，知趣地起身说："阿姨，我回去了。"

"好，好。"二姐连忙答应。晓曼刚想站起来送送小斌，被二姐按在了座位上，她奇怪地望了望二姐，只好目送小斌的离去。

"小斌哥，再见！"王晓曼无奈地说。

"再见。"贺小斌怏怏地向5号车厢走去。他奇怪二姐的变化，更无法知道大人的心理活动。

贺小斌和王晓曼都还是个孩子，他们只知道要见到爸爸应该是一件令人高兴的事，童心里根本无法想象他们马上就要到的地方是一片沙漠戈壁，在这片寸草不生的戈壁深处，他们的爸爸正在被冤枉劳改，正在被饥饿折磨，正在对人生一点点失去希望。

他们的到来，是给自己的爸爸带去活下去的理由，他们是爸爸的救命之星啊！

第四章　祸从天降

一九六八年，北京。

贺小斌急急地在工业大学校园里走着，两侧是贴满大字报的长廊。前几天他刚刚在一处醒目的地方贴上了一张大字报。

两天来，这张大字报在校园引起轩然大波，甚至流传到了社会上。关于真理是否也要一分为二的讨论在同学中激烈地辩论起来。

现在的贺小斌，已经不是1961年火车上的样子了。他已经长成一米七八的大个子，英俊的脸庞透着文化的秀气。由于平时喜欢各种运动，身材匀称，健步生风。乐观向上的清高让他总是笑对一切。

"文革"的到来，他像万千幼稚的学生一样认真地全身心地投入了进去。可当运动越搞越荒唐，越搞越迷信时他看不下去了。他读阅了大量的马列原作和毛主席的《矛盾论》和《实践论》后，写出这篇大字报。他没有去想后果。

然而，当他突然发现自己掉进了一场政治旋涡，成了这场被定性为反动思潮的辩论的中心人物后，他有些害怕了。几天来他剑眉紧锁，再也没有了笑脸。由于和他有同样观点的同学在政治高压下纷纷离他而去，他越来越孤独。

　　这天，他心中忧闷，像喝了酒一样神思恍惚地在校园里无目的地走着，总感觉有人在背后指指戳戳。

　　猛然，迎面一个女生碰了他一下。在他抬头发愣的瞬间，一张纸条塞到他手里。他望了一眼头也不回匆匆离去的女生，惊诧地打开纸条。

　　纸条上潦草地写着："小心！**系里要隔离审查你。**"纸条上的字歪歪扭扭，大小不均，明显是在一种紧急和紧张的情况下写的。

　　小斌的心一下提到了嗓子眼，嘴半张着，人愣在了那里，脑子却飞快地闪过这场运动以来自己所做过的事情。

　　当他想到在反对工人宣传队进校的大游行中拍了很多照片和近期在真理一分为二的讨论中太出风头时，冷汗冒了出来。他急急向宿舍跑去，他下意识地觉得需要清理一下自己的东西。

　　宿舍里没有人，四张床把宿舍挤得满满的。贺小斌从床底下拉出一个小皮箱，放到桌子上，急急打开。箱子里是他的日记、书信和照片。他翻了一下日记，扔到一旁，显然他没有心思一页一页地来查看全部内容。他拿起一沓信，又放下，大部分都是家信，他想不会有什么问题。他最终拿出几本相册和一堆未加整理的照片。

他高中时期就是校摄影组的成员，照相和在暗室里冲洗放大照片是他的重要业余爱好。所以"文革"以来，各个阶段他都照了很多相片并洗了出来。他一张一张地过，但不知哪张会给他带来麻烦，他越来越心烦，一屁股坐到床上。

　　过了一会儿，他拿起一本相册。这本相册是他从小到"文革"前的全部留影。有个人的，有全家的，有和同学的。他一页一页地翻着，突然停了下来。

　　他不知为什么会盯着一张两寸的照片端详起来。照片是他十年前和王晓曼合作演出时的留影。两人并排站立，像兄妹俩，庄重地行着少先队队礼。

　　他打开相册旁的一个小锦盒，盒子里放着一颗心形乳白色玉坠。脑际又回到十年前那美好的时刻：他和晓曼行完少先队队礼后，走到钢琴前坐下，望着晓曼轻盈地走到合唱队伍一侧的麦克风前，向他点了一下头。他抬起双手轻轻地摆到黑白相间的钢琴键盘上，轻快的像湖面水波荡漾般的钢琴爬音前奏过后，晓曼甜美圆润的清醇的童声领唱在礼堂响起。

　　我们的田野，
　　美丽的田野。
　　……

　　此时，贺小斌的脑际中，优美清新的旋律映射出一幕幕幻觉。

36

高度的紧张和瞬间的放松让贺小斌感到很疲惫不堪。

"晓曼妹妹，你现在干什么呢？"他喃喃自语，闭上双眼，靠在了双人床的床柱上。

上海。

某市立女中，校园中央操场原本绿油油的草地早已被踩得光秃秃，红墙灰瓦的西式教学楼，由于墙上贴满各式各样的大字报和标语变得斑驳陈旧。教学楼的正门上方拉着一条长长的横幅："知识青年到农村去，接受贫下中农的再教育，很有必要。"

学校不大的操场上早已热闹非凡。红旗飘扬处，一堆堆初中生叽叽喳喳。两个篮球架之间的横幅上写着"上山下乡动员大会"。

"王晓曼，王晓曼！"

一个中年女教师在人群中一边穿梭一边叫着。

"陈老师，王晓曼没来。"一个同学大声答道。

"没来？太不像话了！"

"老师，晓曼不想去崇明农场。"

"不想去崇明，想去哪儿？！"

"她说去哪儿都行，就是不去崇明。"

"为什么？"

"不知道。"

......

北京，贺小斌宿舍。

"砰！"一声巨响，门被用力推开。

贺小斌一个激灵从迷茫中惊醒，宿舍一下涌进十几个人。

"贺小斌，你在干什么？"一个工人模样的人大声喝问。

"他想销毁证据！"后面的同学大声喊了起来。

贺小斌反应了过来，他看了看进来的人。最前面的是系军宣队队长，而队长后面站着一大堆人，有工人，有自己班上的同学，还有其他班上的同学。当他看到其中一个女生时，他木然地愣在了那里。

"不就是刚才给自己塞纸条的那个女生吗？"小斌脑子飞快地转动着，捕捉着往日生活的细节，想找到与这个女生平时是否有过交集。

"贺小斌，从现在起，你要接受组织的审查。"队长对后面的同学一挥手，并对后面的那个女生说道："张兰萍，把他的东西全部扣起来。"

立刻，冲出两个同学紧紧抓住贺小斌的胳膊。

张兰萍低着头，急急走到小斌面前，把桌上的日记、信件和相片胡乱地扔进小皮箱，盖上箱盖，抱在怀里。她发现贺小斌手里还有一张相片，就伸手拿了过来，看了一眼。

"那是我妹妹。"贺小斌不知道为什么要如此解释。

随后贺小斌被推搡着走出宿舍楼，他发现路边两侧的大字报

38

栏已经贴满了打倒自己的大字报和标语。

　　沿途不知发生了什么事情的同学纷纷停下步子围拢上来，人越来越多。

　　"打倒反动学生贺小斌！"不知是谁在身后高喊起口号。

　　贺小斌被强行按下思维已经麻木的头，他挣扎着要抬起头，但两只胳膊被反向掰起，头只能更向下低去，人像小飞机一样撅在那里。

　　他被推搡着向远处批斗会场走去，一片打倒贺小斌的呼叫在校园回旋。

第五章　押解出京

一九七〇年，春。

贺小斌在日复一日、月复一月的批斗中煎熬，从班上批到系里，从系里批到学校，他不知道何时是个尽头。

一天清晨，像往常一样，贺小斌和十几个被称为"反动学术权威"的老师一起被押送着到各教学楼和学生宿舍打扫卫生。

押解他们的学生里有张兰萍。但她的神情与往常有些异样。

张兰萍，一身崭新的绿军装，剪短的头发随着走路，一甩一甩地显得很有精神。看得出她出生在一个军人干部家庭，高傲而自信。猛地看上去，她不是很漂亮，但细细看去，月亮般弯弯的眉毛下，大大的略微凹进去的明亮的眼睛，给人一种西方美的感觉。

她和贺小斌虽然不在一个系，但她很早就被小斌的英俊和多才多艺所吸引。她多次寻找机会想和小斌交往，都因小斌的漠视而没有成功。后来，政治运动开始，派系争斗，天天乱哄哄就更没有认识的机会了。

当她被选中进入贺小斌的专案组时，她一阵兴奋。她根本不相信贺小斌是反动学生，进专案组却给了她接近了解贺小斌的机会。当她看到贺小斌档案的简历表上写的中学校名时，她的心揪到了一起，一夜未眠，她为贺小斌竟然是她初中同学的缘分而感到神奇。

天不怕地不怕的她，不考虑任何后果地在第一时间写字条通知了贺小斌。从小斌那儿拿到他的各种材料后，她连夜看完了贺小斌的全部日记、书信和相片。她已经从一个盲目喜欢长相的心态变成理智的喜欢，她看到了贺小斌的整个成长过程，哪个女生能用这种方式如此详尽地了解对方呢。

尤其让她高兴的是，她分析出小斌没有女朋友，过去对她的漠视只不过是清高而已，她就下定决心要尽力替贺小斌开脱罪名，成为他的女朋友。

在专案组的分析会议上，她拿出贺小斌的日记，为小斌的清白据理力争。

外调时，她只记对小斌有利的内容，把有利于小斌的材料整理出来上交。

当专案组讨论是否要上报材料到市公安局，定性贺小斌为"现行反革命"时，她没有举手。

当她得知材料已经上报公安局后，急急找军队任职的父亲陈述详情，请父亲帮忙。

在看管小斌劳动改造的期间，她故意躲得远远的，给小斌以尊严和自由。当她看到小斌以为自己没有看到他偷偷地向外发出家信时，小斌脸上总会露出满意的微笑。

一年就这样过去了。

今天，在押解贺小斌一行"反动分子"去劳动的路上，她一直望着贺小斌高高的背影，心怦怦乱跳，再次联想到和贺小斌的几次交集。

初中二年级，爸爸从广州调进北京解放军测绘学院，与铁道部干部学校只有一路之隔。她插班进到初中竟然和小斌是同桌。可惜不到一年，又随爸爸的调动去了广州。

大学入学后，报考校羽毛球队，她和贺小斌曾同场考试，但她没有被选中而小斌被选上了。从此以后，每到星期三下午羽毛球队训练，她都会到食堂二楼的羽毛球训练场地旁傻傻地看小斌练球。

大学一年级国庆节的天安门烟火晚会上，同学们围成两个面对面的大圆圈跳着集体舞，每当她与小斌拉起手，转起圈时，她都会脸红。

……

"今天我来看管贺小斌他们。"她从回忆中解脱出来，对身边的同学说，嘴角露出一丝神秘的微笑。

十几个劳动改造的"犯人"陆续走进不同的楼门，最后，贺小斌和一个女教师走进了1号学生宿舍楼。

贺小斌走进男生厕所，倔强的身影略显无奈。他像往常一样卷起袖子，拿起拖把，拎起水桶去接水，他拧开水龙头，哗哗的水声更显出厕所的安静。

有人拉了一下他的衣角，他吓了一跳。急忙回头一看，是张兰萍。

"贺小斌，你快没事了！"张兰萍轻轻地急急地说。她看小斌没有反应，提高声音继续说道："你的材料公安局没批，退回来了。"

贺小斌还是没有反应过来，瞪大了眼睛看着她。

这是贺小斌第一次这样正眼直视她，虽然没有温情，但却充满信任。她心颤抖了一下，红晕涌上脸颊。

"他们定不了你现行反革命！很快就会放你出去的。"

"真的？"

"真的，真的……"

没等她解释，外面突然传来喊声：

"张——兰——萍——！"

"张兰萍——！"

两人一愣，对视着，张兰萍红晕的脸一下煞白。她急急转身向外走去，到了门口，突地转过身，小跑回到贺小斌的面前，从口袋里掏出一封信塞到小斌的口袋里。

"张兰萍！"又传来喊她的声音。

"来了！来了！"她一面应答，一面小跑远去。

贺小斌走到门口，看看门外没人，拿出口袋里的信，他太想知道外面的信息了，急急打开折成燕子形的信纸。

小斌：

先告诉你一个好消息。我在公安局的一个叔叔告诉我，学校报到局里的材料没有批准，说你的情况不够现行反革命的标准，材料退了回来。你会没事的。我估计很快就会放你出来。

另外我想告诉你，我们是初中同学，我是插班生，和你同桌。虽然不到一年的时间，但我们经常上学、放学一路同行。你家在铁道部干部学校，我家在解放军测绘学院，想起来了吗？我们上学、放学都要同走花园路。有一次，我被男孩子欺负，是你把他们打跑的，你能记起来吗？

我不相信你是反动学生，我喜欢你，我等你出来。

张兰萍

"初中同学？"贺小斌有些诧异。

他心潮骤起，为自己能有这样一个仗义的初中同学而感动，为自己没有被定为现行反革命而庆幸。他默默地来回看了几遍信，顿了一顿，把信慢慢撕成碎片，扔进厕所的蹲坑里，放水冲掉，他不能连累张兰萍。

他压抑着说不出是什么样的心情，缓缓走到厕所的窗前。推开绿色油漆已经剥落的窗户，向远遥望。

天空白云朵朵，校外农田里绿浪滚滚。

三个月后。

北京丰台火车站。

十几节墨绿色车厢在黑色的蒸汽机头的牵引下由东向西缓缓开进丰台车站，车厢外的标牌显示火车开往安徽蚌埠。

贺小斌紧贴着车门站着。

火车刚刚停下，他迫不及待地，不顾列车员的阻挡跳下火车。他面向东方，脑子里像过电影似地快速闪过北京城的一切可记忆的东西：

刚进北京时，北郊土城树丛中摘酸枣的惊险；骑竹马举黑旗学电影《宋景诗》满世界地奔驰；附近几个大院与大院之间的小朋友为争夺霸权的"群殴"……

小学暑期里，铁道部干部学校大院无忧无虑的精彩多样的活动；少年宫音乐训练素养的提高；什刹海冬季滑冰的激情与欢乐；太平湖瞒着家人的横渡游泳。

初中春游，北海的白塔，颐和园的佛香阁，香山的鬼见愁，八达岭的长城，和同学们集体嬉戏的欢乐永远印入心田。

十月一日国庆节，跟着爸爸妈妈在长安街旁与汹涌的人群一起观看雄壮的阅兵；除夕之夜，在人民大会堂参加各种联欢活动迎接春天的到来。

高中时光，天安门下领略皇宫的雄伟；故宫里体会中华文化的博大；闲时和要好的同学在北京的胡同里寻找老北京的文化；学校里参与各类课外小组紧张而有趣的活动；科委会堂聆听华罗庚等大师的讲课……

考入大学，大一的多彩生活更是历历在目：刚一入学就被带去考各种运动队和文艺社团。他一下子考上了羽毛球队、足球队、游泳队，最终选定羽毛球队；一号楼光秃秃的平台上向考上民乐队的同学学习吹笛子、拉二胡、拉京胡，在长长的走廊尽头潜心娱乐；慕田峪长城下建校劳动的汗水，无线电厂劳动实践的机器轰鸣，都给了他完全不同的新生活。

所有这美好的一切，在1966年，大学二年级夏然而止。

现在，他名义上是毕业分配了，实际上是被押上火车，遣送出北京。他知道，火车开出丰台，就算永远离开北京了。

"你上不上车，开车了！"火车在丰台就停两分钟，列车员向他喊道。

贺小斌眼含热泪，向着东北方，向着自己逝去的青春深深鞠了一躬，返身跳上缓缓开动的列车。

工业大学校园的树荫下，张兰萍坐在一块石头上。

她看看四周没人，从口袋拿出一封信，信封上虽然没有落款，但她敏感地猜到是贺小斌的信。她手微微颤抖地撕开封好的信封，拿出信纸。

她双手把信捧着，闭上眼睛，深深地吸了口气后，慢慢打开。

张兰萍同学：

当你打开这封信时，我已经离开北京了。我是作为有政治问题的学生被遣派到安徽农村去的，无法与你当面道别，请原谅。

开始，我真记不起你是我的初中同学，也不知道你对我的特别关注和一往情深，真是对不起你，向你道歉了。

我们本可以当面好好谈一谈的，我也想起了初中同桌的你。可是天意难违，我虽然被放了出来，但仍没有自由，我只能用信来向你告别。

这次你对我的帮助，给了我极大的精神鼓励，会让我终生难忘。

你讲你喜欢我，这怎么可能呢？我现在是一个有政治问题的学生。

有政治问题，在我们中国，就等于一辈子的人生希望就此消亡。我父亲被打成右派你是知道的，这件事连累了我母亲一辈子，我怎么能连累你呢？

我们是不可能成为婚姻意义上的男女朋友的。这句话可能会伤你的心，但这是现实。即使你一时冲动愿意这样做，你的家人和朋友也都会反对的，你可以尝试着问问他们。

我真不想离开北京，我想你更不愿意离开北京，那就趁我们还没有开始就结束在现在吧，这是最明智的选择了。

最后，再次深深感谢你的关注和帮助。有缘再会。

贺小斌

张兰萍早已心碎，泪水哗哗地流了下来。

第六章　穷乡僻壤

安徽淮北。

淮河流域，分布着不知道多少大大小小的河流。溪县坐落在两条不知名河流的交汇口。雨季来临之前，河中无水。堤坝上，人来人往，熙熙攘攘。

今天是县城集市的日子。县城周围的农民挑着自家的农副产品穿来穿去，这是他们一星期唯一的一次赶集时间。人们想买一点生活必需品都要到集上，先要卖掉自产的农副产品，才能买点盐、煤油、火柴之类的东西。

淮北的集市仍然质朴、原始，甚至还保留着以物易物的贸易方式。然而最显眼的也是最不和谐的，是市场上有几个戴红袖章的市场管理人员，他们两只耳朵上分别夹着烟，嘴里抽着烟，手指间也还夹着烟，在集市上走来走去。摊贩们看他们到来，都会立起身，递上一根烟，不停地点着头说："少点，少点。"他们手里拿着宽不过两指的浅黄色的两联票，时不时大声呵斥着，随意

49

收取着所谓的管理费。

贺小斌在集市里穿行，他虽然在北京的农村里待过，可这种真正有地方特色的集市还是第一次遇到。

他好奇地停在鸡鸭、牲口市的地方看了起来。有几个穿着黑布对襟衣的老头，笼着双手，一杆秤斜插在臂弯，停停走走。偶尔有人要买个鸡，他们就帮助称一下，收个三分五分钱。小斌一问，才知道这叫牙行。牙行没有官方认定，一般都是世袭，他们最拿手的本事是促成大牲口的交易。一般买卖双方各带来一个牙行，交易时两个牙行都不讲话，只是互相不停地变换着捏手，旁人根本看不懂，双方都认可了，才报出钱数来。如果买主还有什么顾虑，牙行才开口说话，他能一、二、三、四地说出很多内行话，让你哑口无言。

小斌兴致勃勃地看了一头黄牛的交易过程后走下河堤，他来到这个县城已经两天了，每天上午都要到县革委会大院来打听一下分配的具体消息。

这个县是一个著名白酒的产地，整座县城从早到晚都笼罩在刺鼻的酒糟味里。小斌踏着窄小的石板小路，拐进一个大院里。

这个大院就是所谓的县委大院，不过是比农家小院大一些的院落。两排青砖灰瓦的房子前有一块不大的空地，空地中央一个椭圆形、由碎砖砌起的花坛里长满了野草。几棵高低不整的泡桐树，间歇地长在院落的不同地方。

在挂着"县革委会办公室"牌子的门前，已经有十几个大学生模样的人聚在一起，三个一群、五个一伙地闲聊着，贺小斌走了过去。

"同学们，同学们！"

从办公室走出一个中年干部模样的人，他是县办公室张主任。

他看大家转过身来后，接着说："同学们，你们的具体分配，县委正在讨论。你们的档案县委要研究！"他停顿了一下，看了贺小斌一眼。

"明天就可以公布了，大家再耐心地等一天。"

学生们一阵骚动。

"今天是赶大集的日子，晚上工会礼堂有演出，是筹建县文工团的汇报演出，都是上海文艺知青哦！很不错的，县领导都去看，你们大家都去看看，都去看看！明天上午九点大家再来，好吧？"

一阵叽叽喳喳的议论后，大学生们各自散去。

贺小斌听说这个县有个上海知青组织起来的文工团，有了好奇心，他一路打听，来到一处挂着县工会牌子的小院前。

果然，院里传出不同乐器的声音。手风琴、小提琴、大提琴、黑管、长笛……真是让小斌大吃一惊。他轻轻地推开门，从门缝向里看去，男男女女十几个上海知青正在聚精会神地排练着。

"还挺全乎。"贺小斌心里念叨着。

"喂，让一让！"一个女生清脆的声音在身后响起。

贺小斌赶紧直起腰，回转过来。

一个清靓的女孩站在他身后。褪了色的西装式衣领的军上衣，配着海蓝色的长裤。上衣明显地经过剪裁，收紧的腰身衬托起微微隆起的胸部，显得格外合身。即使裤子有些肥大，也无法遮挡住少女美妙的曲线身材。

"你找谁？"女孩打量着他问，他看出她也是一个上海知青。

两人目光对视了一下，贺小斌在女孩如水般的目光注视下，顿觉不好意思。

"不找谁，随便看看，随便看看。"贺小斌急忙抽身走开。

那女孩却没有马上离去，她一直注视着贺小斌的身影，仿佛在想着什么，直至贺小斌的身影消失在熙熙攘攘的人群里。

"王晓曼，该你排练了！"院子里传出呼喊声。

"哦，来啦！"女孩转身推门进入院子。

真是女大十八变，十八岁的王晓曼已经出落成一个贺小斌完全不可能认识的漂亮大姑娘了。

贺小斌睡了一个午觉。

四人一间的小房只住了他一个人，他的行李堆放在另一张床上，按军队要求打好的背包没有打开，一个网兜里胡乱放着脸盆、杯子等一些杂物。显眼的是他枕头旁放着那被大学专案组查抄过的小皮箱和一把京胡。

"文革"以后他再也没有弹过钢琴，在现代革命京剧样板戏一统天下的时代里，对一个酷爱音乐的他来说，拉京胡成了他时尚的业余爱好。他想到晚上能在这么落后的地方看一场上海知青以西洋乐器为主的演出，有点兴奋。他拿起京胡坐下，跷起二郎腿，把京胡架在腿上，调调琴。

正想着拉一段什么时，有人敲门。

"谁呀，请进。"贺小斌有些好奇。

门被推开，进来的是上午讲话的县办公室主任。

"张主任啊，有什么事吗？"

张主任没有马上回答他，走到另一张床前坐下。

他嗯嗯几下。

"你还会拉京胡啊？"他看了一眼小斌手上的京胡。

"张主任，有话就说！"

"是这样，我们这儿分来的大学生都是本省学农和学农机的。他们的家也就在我们县，很好分。"他看了小斌一眼。

小斌认真地听着。

"我们这儿还从来没有来过北京的大学生，更何况你是学无线电技术的，我们不知道怎么安排才好。"

"分县广播站就行，挺对口。"贺小斌早就想好了自己可以去的单位。

"原本县领导也是这样考虑的。可是……"张主任停了下来。

"有问题吗？你们广播站没有一个专业人员，扩大机出点问题都要到省里去修，这可是我的专业啊。"贺小斌事先了解到县广播站的人员情况，对自己能留在县城充满信心，现在听到张主任的"可是"，有点着急。

"是这样，小贺。"张主任不再犹豫。

"县委领导研究了你的档案，觉得你不太适合在宣传部门工作。所以他们要我来征求一下你的意见……"

贺小斌脑子"嗡"地一下，没有心情再听下去。他知道，毕业前工宣队对他的材料不进档案的承诺没有兑现，还是把政治上有问题的结论放进档案了。他明白，在政治问题面前，再好强也不容解释。

"那你们决定把我分到哪儿？"小斌知道，征求他的意见只是客气而已，县委早已定了下来。

"县农机二厂。"张主任顿了一下。"明天一早，他们正好有拖拉机回厂，你就跟车到厂里报到吧。"

贺小斌愣在那里，不知道张主任什么时候离开，也不知什么时候天已经黑了下来。

县工会的小礼堂里早已人头攒动，热闹非常。

台下长凳、小板凳，甚至石头、土块上都坐着人。一眼就可以看出，坐长凳的是县里的干部、教师和刚分来的大学生。坐自带小板凳的是县里的平民，而坐石头、土块的则是白天赶集没有回家的远道农民。这群人的后面还站着里三层外三层来晚的观众。可以看出，这里的人很长时间没有看过文艺演出了。

舞台是土坯垒起来的，半米高、不到二十平方米的台子。台子两侧悬挂着两盏咝咝作响的汽灯。橘黄色的灯光刚好罩住舞台，而舞台以外则显得黑乎乎的。台子的左侧用布围起一块地方，就算是化妆的后台了。

王晓曼站在后台的一个角落里，等待她的节目时间。她要清唱样板戏《沙家浜》里阿庆嫂的一段"风声紧"。她是"老演员"了，上这种舞台，对她没有任何压力。

下午由于排练和走台，她没有时间多想与贺小斌碰面的事。现在静下心来，她拼命地追想起来。

"怎么好像认识呢？"

"在哪儿见过呢？"

……

脑子里猛地跳出十年前北京少年宫的一幕，紧接着又想起了京包线上火车里的巧遇。

"小斌哥哥！"

这个念头跳出的瞬间，她的心剧烈地跳动起来。她猛地钻出布帘，不顾正在进行的演出，也不顾观众奇怪的眼神，一排一排地寻找起来。

贺小斌已经恢复了平静，但没有心情去看演出了。明天一早就要离开县城，去看看县城的夜景吧。他拿起京胡，信步走上招待所旁边的河堤。

集散人空，河堤上格外宁静。没有灯光的大地把天上的繁星衬托得分外明亮。他找了一块坡地坐下，抬头望着灿烂的星空，辨别起星座来。一会儿，眼光停在了北斗七星上。

"北斗星啊，我还是小时候在北京天文台认识你的呀！"

"你能给我指一条路吗？"

片刻，他架起京胡，一抖弓，拉起了京戏名段《夜深沉》。

王晓曼还在观众中急急地寻找着。

"晓曼，下个节目就是你了！"一个同伴拼命地往回拉她。

晓曼无奈地回到后台。

"下一个节目，京剧《沙家浜》选段'风声紧'，演唱者：上海知青王晓曼。"

台下立刻响起热烈的掌声。晓曼静了一下心，向台上走去。

风声紧，

雨意浓，

天低云暗。

……

贺小斌停下京胡，断断续续地听到了远处传来的委婉动听的京剧唱腔。

不知为何，心里突然抖动了一下。他重新调了一下琴，把握好晓曼的节奏，动情地，满弓拉起二黄慢板，为飘来的清唱伴奏起来。

明亮、极具穿透力的京胡琴声向县城里奔去。

第七章　知青赴皖

王晓曼在台上聚精会神地演唱着。

由于是清唱，她没有按阿庆嫂的形象来扮相，依然是军上衣蓝裤子。团里没有人会拉京胡，只好用一把二胡代替。

当她唱到"不由人，一阵阵坐立不安"时，隐约听到远处飘来的京胡伴奏，心里咯噔了一下，停了下来。

观众一片哗然。

晓曼连忙收心，深情地接着唱了起来：

亲人们，

粮缺药尽，消息又断，

芦荡内怎禁得浪激水淹。

……

她唱着唱着，脑子里浮现出十年前在北京少年宫贺小斌为她钢琴伴奏的情景……

远处飘来的京胡突地转入"快三眼"节奏。

他们是革命的宝贵财产，
十八个人和我们骨肉相连。
……
毛主席，
有您的教导，
有群众的智慧，
我定能战胜顽敌渡难关。

晓曼情绪高涨，一气呵成，在难度极大的高亢的跳跃转动的高腔旋律中结束了演唱。

台下掌声雷动，县城和农村里的人什么时候能现场听到这么好的演唱呢。

"再来一个！再来一个！"

台下掌声经久不衰。

此时的王晓曼已经没有心思再返场了，她一心要去找那个拉京胡的人。她对观众深深地鞠了两个躬，急步走下台。刚下台，就像箭一样冲出院子。

夜幕下，县城的街道比白天漂亮多了。除了安静给人一种惬意的感觉外，月光照射下的石板小路泛着银光，路旁原本破烂不堪的瓦屋被黑幕遮去丑陋，却被星光勾勒出童话般的轮廓。

京胡声随着晓曼演唱的结束而消失在夜空，她茫然地来回望着街道的两头，空无一人。她幻觉中的贺小斌没有出现，她失望地靠在一个石柱上。

"上海知青里，没有会拉京胡的，县里的本地人就更没有会拉的了，只有北京人才可能会拉啊？"她自言自语，联想起白天碰到的那个有些面熟似曾相识的年轻人。

"小斌哥哥不应该是知青啊？！他应该是大学生了，怎么会在这里呢？"

"怎么不会到这里呢？"她又反问自己。

过了好一会儿，她平静了下来，信步走到一块开阔地。这是她刚到这个县城的集结地。

看到一年前自己从上海刚到县城的集结地，叹了一口气，回想起自己上山下乡的经历。

上海某市立女中。

校园的上山下乡动员大会已经结束，学生们正陆续走出校门。

王晓曼匆匆跑进学校，找到班主任。

"陈老师，我来晚了。"她嗫嚅地说。

"你干什么去了？"老师生气地质问。

"我们宣传队在演出，我唱完就跑来了。"她气喘吁吁地说。

陈老师知道晓曼歌唱得好，一直在毛泽东思想宣传队里到处演出，气也就消掉了。

"你们家已经有四个在外地支农支边的了，根据政策，学校照顾你分到崇明农场，你怎么还不想去？"老师直视着她。

"我，我……"

"我什么？！别人想去都去不了。"老师顿了一下接着说道："崇明属于上海管辖，你等于没出上海，又是农场，有工资的，知道吧！"

老师看晓曼不吱声，接着说道："你想留在上海市里是不可能的，所有学生都要上山下乡的。你不去崇明，就只有去江西和安徽的农村了。"

"我不是想留在市里。"

老师一愣："为什么呀？"

王晓曼低下头，想了一下，脸微微发红。

"我爸爸在崇明农场，我不想在那里看见他。"

原来，当年她和二姐去看望爸爸，实际上是去告诉爸爸：通过三个姐姐的活动，上海公安局已经同意把爸爸转到上海郊区的崇明农场劳动改造，不摘帽子，可以一个月回家一次。

晓曼断断续续地讲出了不想去崇明农场的原因。

老师这才明白了晓曼的苦衷。

"我害怕水田里的蚂蟥，所以也不想去江西。"晓曼又加了一句。

一阵沉默。

"那好吧，你准备去安徽淮北吧。"陈老师有点惋惜。

离春节只有十天了。

一早，马路上红旗招展，锣鼓喧天。"热烈欢送知识青年上山下乡""向革命知识青年学习，向革命知识青年致敬"的口号，此起彼伏。一长串汽车停在四川南路和延安东路的交叉路口，有公共汽车，有卡车，也有各式各样的客车。

王晓曼从楼梯口走出，她还是原来的一套红卫兵服，只是头上多戴了一顶军帽，背着小小的背包。没有人送她，她也没有回头，径直走到标有她们学校标志的卡车后面，在车上同学的拉拽下，攀上汽车。

车队沿着上海的主要街道绕行，沿途的市民为他们鼓掌欢呼，车上的学生们有的挥手，有的喊着口号，有的挥动着红旗，也有的流着眼泪。王晓曼面无表情地看着这一切，她虽然并不知道安徽农村是什么样，但她清楚，把她养大的上海将成为往事的记忆。她努力地看着外滩上各式各样的建筑，她要把它们留在心中。

上海市北郊彭浦车站是个货运车站，选择在这里让知青上车，是由于前几次在市区北站送下放知青的火车开动前，一拉响汽笛，车上车下，送行的和出行的都号啕大哭起来，场面十分凄惨。这次在远离市区的北郊货车站上车，送行的人大大减少，再加上火车不再鸣笛，轻轻悄悄地起动，难舍难分的袭人心肺的景象大大减少。

　　火车无声无息地开动了，开车前的喧闹很快平静了下来，火车上都是十六岁至十八岁的初中毕业生。晓曼一声不吭地坐在靠窗的长凳上，茫然地看着窗外。她不知道等待她的是怎样的一种生活。

　　淮北，迎接知识青年的是漫天大雪。

　　分到这个县的知青有几十个人，离县城较近的生产队已把大部分人接走。剩下王晓曼她们十来个人，由于离县城很远的生产队无法按时来接，在县城已耽搁三天了。雪越下越大，眼看大年三十就要到了，她们急得团团转。

　　天一亮，这十几个人又来到这块开阔地，急切地翘首以盼。

　　北风那个吹，

　　雪花那个飘，

　　雪花那个飘飘，

　　年来到。

　　……

　　晓曼触景生情地唱了起来。

　　"来了！来了！"一个在远处高地瞭望的男知青兴奋地叫起来。大家朝远处望去，三头牛拉着不知道叫什么的东西，在没膝盖的雪地里艰难行进。知青们不顾一切地拖着背包迎了上去。

到了近前才看清，牛拉着的竟然是老乡家的大案板桌。案板桌翻转过来在雪地里滑行当作北方的雪橇。

"哪些是去张店村的？"老乡用浓重的淮北话问。

王晓曼和分到同一个生产队的三个女生，像到了家一样，急急坐了上去。

老乡一声吆喝，老牛晃悠着朝县城外走去，渐渐地消失在漫天大雪中。

王晓曼从回忆中慢慢地回过神来，轻轻地叹了一口气，望着撒满星光的小路。

此时，月亮从云堆里钻出，银色的月光像薄雪一样覆盖在小路上面，小路弯弯曲曲地伸向远方。

第八章　中秋续缘

中秋节，县农机二厂。

贺小斌到农机二厂报到上班有两个多月了。

县农机二厂位于这个贫困县最南端的张町公社。张町是淮河流域水灾重灾区之一。农机二厂就建在水患不断的浍河北侧，旁边紧靠着一所公社中学。远处望去，两个小院相依为命地孤零零地趴在河边，四周是空旷的泛着白光的盐碱地。

所谓农机厂，不过是一个只有十几个工人的拖拉机修理站。淮河流域，地广人稀，土地贫瘠。整治土地，兴修水利，抗灾运输，靠人力是完全不能解决问题的。所以县里再穷，都有几十台拖拉机，拖拉机修理成了县里的"重要"工业。

随着柴油发电机震耳的轰鸣声渐渐熄灭，全厂的供电结束，下班的时间到了。

贺小斌身穿满身油污的工作服，从一间略显高大宽阔的房屋走出。沿途敞开式的棚子下，横七竖八、歪歪斜斜地摆着几台拆开的拖拉机，有轮式的，也有履带式的，都是国产东方红牌。拆下的各种零件，有的泡在柴油里，有的散落在拖拉机四周，整个小院充满了刺鼻的柴油味。

今天是农村很看重的中秋节。陆续从车间和工棚走出的工人和小斌打着招呼，有的步行，有的骑上自行车，工作服都没有脱就急急回家团圆去了。

小院里顿时冷冷清清起来。其实，每逢周末，这种冷清都会包裹着小斌的心。两个月了，他渐渐习惯起来。他换下工作服，来到井边，提出一桶水，坐在小板凳上洗起衣服来。

突然，隔壁公社中学传来人群的嘈杂声打破了四周的冷清。贺小斌知道，公社中学这几天正在开全公社毛泽东思想学习积极分子大会，有几百号人。看来，这个大会也要结束了。

小斌没有在意嘈杂的人声为什么很快就安静了下来，顺手打开放在身边地上的收音机。正好是他最喜欢听的《北京颂歌》的男高音独唱。他跟着收音机哼了起来。忽然，一个女高音传进他的耳朵：

　　风烟滚滚唱英雄，

　　四面青山侧耳听，

　　侧耳听。

　　……

66

美妙高昂的《英雄赞歌》令小斌为之一震。

"这个歌不是禁唱吗？"他自言自语。

歌声继续，他下意识地看了一眼收音机，发现声音并不是从收音机里传出。

他好奇地抬头张望，歌声从隔壁中学里传来，他像被迷住了一样，被歌声牵着向公社中学走去。

"这里怎么会有这么专业的歌手呢？是唱片吗？怎么没有伴奏？"

他猜测着拐进中学的侧门。

学校不大的篮球场上坐满了公社的毛泽东思想学习积极分子，前面土台上一排学生课桌后，坐着几个公社干部模样的人。桌子旁的麦克风前，一个漂亮的女知青正在动情地歌唱。

为什么战旗美如画，

英雄的鲜血染红了它。

……

歌声圆润，高音明亮，歌唱位置和共鸣腔的运用都很到位，小斌一听就知道这个知青受过专业训练。下面的农民和桌边的干部早已入迷，有些人手上的烟烧到手上都不知道。小斌弯下腰，悄悄走到最后，坐在地上。

为什么大地春常在，

英雄的生命开——鲜——花。

歌声在极高的音区，歌颂式的拖音中结束。

一刻的寂静后，掌声、喝彩声暴风雨般响起。

贺小斌远远地发呆地看着这个女知青：她在一群毫不讲究的农民面前真是太美了，魅力四射，男人见了少有不着迷的。乌黑的头发扎成马尾巴，把漂亮的脸庞利落地展现出来。这张脸实在迷人，尖下巴，方下颌，深黑色的双眸，像宝石一样晶亮。眼角微翘，乌黑的睫毛浓密挺直，两弯蛾眉斜斜上挑，挂在玉兰花般白净的肌肤上——这肌肤仿佛在太阳的炙烤下也不会变黑。她脸上两种特征，鲜明融合：娇美来自大家闺秀的母亲，气质来自银行家出身的父亲。簇新的花格衬衫略有些紧身，却正好把她的纤腰衬得窈窈窕窕。紧身上衣下隆出一对拳头般大小的乳房，随着歌声的高低起伏上下抖动。微微一笑，整齐洁白的牙齿闪闪放光，真给人一种"清水出芙蓉，天然去雕饰"的美好感觉。

"我宣布，公社毛泽东思想学习积极分子表彰大会胜利闭幕。"会议主持人在不停的掌声和"小王，再来一个！"的叫喊声中大声宣布。

看到下面的农民余兴未尽地没有动静，一个公社干部站起来。

"好了，大家都回家过中秋去吧，散了，散了。"

"回家过中秋"像一副神丹妙药立刻让会场安静了下来。农民们陆陆续续站起身，赞不绝口地散开。站起来的农民挡住了小斌的视线。

他从来没有想过在这种荒僻之地，能有如此尤物。他梦幻般地边走边想地回到自己的工棚般的宿舍里，倒靠在床上。突然他想起了县里偷看文工团排练时遇到的女知青。

"是她？她怎么会在这儿呢？"

"不像是文工团的慰问演出啊？"他在回忆和猜测中朦胧地睡了过去。

一觉睡醒，天已黑了下来，中秋的圆月已经升起。

在平时，如遇到没有星星月亮的瞎黑天，把五指放在眼前都看不见，"伸手不见五指"已经不算什么好的形容句子了。这种情况下，小斌就会点亮自制的冒着黑烟的柴油灯，看一会儿书，早早就钻进被窝。

今天的月亮一扫往日的漆黑，带着满天的繁星，给小斌带来光明。他没有点灯，推开窗户抬头凝视。这是他到农村后的第一个中秋，月光虽美却万籁寂静，孤独之感油然而生。看着如轮般的月亮，他叹了口气，拿起京胡，推门走了出去。

他来到白天洗衣服的井边，坐在井台上。

面对刚刚升有旗杆高的圆月，触景生情，以极慢的速度拉起了二黄四平调，轻声跟着哼了起来。

> 海岛冰轮初转腾，
> 见玉兔，
> 玉兔又早东升。
> 那冰轮离海岛，
> 乾坤分外明。
> 皓月当空，
> 恰便是……

小斌猛地感到背后站着一个人，吓了一跳，把弓子停在了半空。

"你是不是——前一段在县城拉'风声紧'，为我伴奏的那个人？"

一个少女清脆的声音从背后传来。

小斌急忙回头，是白天唱歌的那个知青！虽有月光，但仍看不清脸上的细节，小斌是一种感觉。

这个知青就是王晓曼，她认不出贺小斌。何况小斌几个月的工人生活早已改变了刚到县城的学生形象。

晓曼看他转过来，退后一步，目光却始终盯着他的眼睛。她不认识眼前这个男生，但她仿佛认识这种眼神。

"你是上海知青啊？"小斌想打破僵局。"你不是在县文工团吗？"

"你怎么知道？"晓曼一阵兴奋。

"我们在县城见过一面，你们在排练。"小斌连忙解释。

"你是北京分来的大学生？"晓曼在县城打听过，知道有个北京分来的大学生，她也一直在找。

"你怎么知道？"这次轮到小斌感到奇怪了。

"那你叫什么名字？"没等小斌说完，王晓曼就迫不及待地问。

小斌感到了对方的急迫，好像连呼吸都紧张起来。

"你叫什么名字？"小斌不知对方何意，反问起来。

"我叫王晓曼！王晓曼！"

"晓曼？"

"对，就是你去世小妹的名字！"王晓曼急不可耐，她已经肯定眼前的大学生，就是自己的小斌哥。

这突如其来的名字，像一把利剑刺在他的心上。

"你是王晓曼？"他不敢相信自己的耳朵，急急地上上下下地打量着月光下的这个姑娘，极力地追索往事。

"你等一等！"

小斌略有颤抖地说了一声，向屋里跑去。飞快，他又从屋里跑回，手里拎着那只小皮箱。

他把箱子放在地上，急切地打开箱盖，翻动着，寻找着。

晓曼不知道他要干什么，一动不动地站在那里，只是两只大

71

眼睛跟着他转来转去。

"你来看！"

小斌拿出一张两寸的黑白相片，递到她的面前。

是那张十年前，他们在舞台上高举右手行少先队队礼的黑白相片。

晓曼一把抓过去，借着月光，细细端详。

一会儿，闪着月光的泪水从她的眼眶里滚落下来。她好像受过很大的委屈，突然遇到可以倾诉的亲人一样，猛然转身抬头，泪水汪汪地望着贺小斌，叫了一声："小斌哥！"然后竟呜呜地哭泣起来。

"晓曼，晓曼，怎么啦？"贺小斌有些惊愕。

"来，坐下说。"他递过去一把小凳。

他看王晓曼慢慢坐下，还在抽泣，就安慰着问道："你不是在县文工团吗？怎么在这里呢？"

第九章　色魔当道

王晓曼慢慢停下哭泣，讲述起自己下乡后的遭遇。

刚到淮北的那个漫天大雪里，牛拉"雪橇"走走停停。晓曼她们在"雪橇"上缩作一团，直至天将擦黑才进到村子。大雪覆盖了一切，看不出村子的真实面貌，老乡们都躲进了自家的屋子，也看不到想象中的欢迎景象。

晓曼一行四人在牵牛拉车老乡的带引下，疲惫不堪地钻进了一间低头才能进去的土坯房。

点亮柴油灯，屋角有一堆黍秸，她们急忙抱过一大把点着。一阵呛人的浓烟后，暖暖的金黄色的火苗呼呼地欢唱起来。顿时，屋里亮堂了许多，大家露出了久违的笑脸。

可还没等她们高兴起来，几个人的脸上就像千百只蚂蚁在爬一样瘙痒起来，她们抓也不是，不抓也不是，难受得嗷嗷乱叫。原来，脸没有保护好，冻得太厉害，猛然遇热，神经末梢一充血，就反应了出来。她们明白过来，接二连三地跑出屋子，身后带出一股股浓烟。

"喂，同学们，队长讲明天给你们开欢迎会。"赶牛车的老乡不知什么时候回来的，向她们喊了一声。

听到还要开欢迎会，四个人有了话题。她们搓搓脸回到屋里，挤在黍秸堆上边烤火，边聊天，渐渐地和衣睡了过去。

第二天天已大亮。但没有窗户，低矮的土坯房里仍然黑乎乎的。火堆里的黍秸早已变成了白灰，没有了一点火星。四个姑娘蜷缩在一起互相取暖，行李卷堆在一旁。

"文革"中的大年三十，农村习俗的庙会、祭灶、扫尘等活动早就不复存在。但借着知青的到来，乡亲们还是想热闹一下。生产队长和几个年长的老乡，一大早就在场院里扫出一块空地。

锣鼓声在不大的村子里游走，到王晓曼她们的屋前停了下来。

"同学们，起来喽！中午在场院开联欢会。"

"都要参加，你们也要出节目的哦！"

四个姑娘被惊醒，互相看到对方被烟熏花的脸，格格大笑起来。

中午时分，打扫出来的场院已经挤满了老乡，老老少少，男男女女，有百十号人。晓曼她们四个知青，像贵宾一样被簇拥在最前面的小板凳上。

"大家静一静！"队长发话，浓重的淮北口音，知青们还听

74

不习惯，但会场很快安静了下来。

"今天有四个上海知青来我们队安家落户，大家欢迎。"一阵稀稀拉拉的掌声。

"以后，大家要多关心她们！"

"我们都吃不饱，谁来关心我们啊！"不知谁在下面喊了一声，一片哄笑。

四个姑娘愕然，互相看着，大家不明白为什么老乡并不欢迎她们。

"大家安静！"队长连忙止住哄笑。

"今天是大年三十，咱们请了公社文化站的人给咱们唱拉魂腔《红灯记》，大家欢迎！"

一片热烈的掌声和叫好声。

拉魂腔又叫泗州戏，知青们从未听说过，伸长脖子四下张望，寻找着戏班子。

走到前面来的不是什么戏班子，只有一个敲戏板的，一个弹柳叶琴的，后面跟着两女一男，没有东西化妆，竟然用锅底黑来化。反正大家都知道《红灯记》里的三个主要人物，化成什么样已经无所谓了。

一阵板响、柳琴过后，戏开场。演员们根据剧情的需要和人物思想感情的变化，灵活掌握着曲调节奏的快慢、急缓和强弱高低，自由地运用各种花腔调门，尽情发挥自己的特长。尤其是唱李铁梅的女声唱腔，尾音翻八度，委婉尽致，动人心魄。老乡们不时发出阵阵欢呼声。

可四个知青听到这种原生态的刺耳高音，眉头紧皱，尤其晓曼不知不觉地把耳朵捂了起来。

"欢迎知青来一个！"不知何时，老乡的叫喊声响起，晓曼被其他三个姑娘推了出来。

"我也给大家唱《红灯记》，李铁梅唱的《做人要做这样的人》！"晓曼本来就不怯场，再加上昨晚有了准备，大大方方地面对老乡说。

"不过可不是泗州戏，是京戏选段。"她转向弹柳琴的人问："会弹京戏伴奏吗？"对方点了点头。

老乡们平时都是在大喇叭里听现代京剧样板戏，现在有人现场唱，他们都有一种新鲜感，屏住呼吸等待着。

柳琴前奏一过，晓曼甜美、正宗的京腔京调亮了出来。

我家的表叔数不清，
没有大事不登门。
……

老乡哪里听过这样好的声音，鼓掌声，喝彩声，此起彼伏。

晓曼不得不唱了一曲又一曲。美妙的戏曲和歌声交替着在村庄和原野上空回旋。

王晓曼回忆到这儿，心情平复了许多。

贺小斌知道，对于一个天真无邪、爱唱歌的小姑娘来说，农村的苦和累并不会让她感到害怕，一定还有其他的隐情。他没有打断她，静静地等着晓曼继续说下去。

"我那次唱完以后就出了名，其他公社也有一些文艺知青慢慢出了名。县里就组织了一个毛泽东思想文艺宣传队，让我们到各个公社演出。后来就要和县梆子剧团合并成立县文工团。"晓曼好像在想什么，停了一下。

"哦，上次在县里碰到你那次，就是县文工团筹备成立的演出。"她看贺小斌看着自己，就继续说道。

"大家当然都特高兴，因为户口可以迁到县里就算招工了。我们知青谁不盼着早日招工呢？"讲到这儿，晓曼眼里刚刚显露出来的一点点欢乐，很快就消失了。她抬头望着已经升到中天的中秋月，深深地叹了口气。

"碰到你的那天，县里的汇报演出结束，大家有说有笑地回到临时住所。"

回忆又把晓曼带回到那个十分恐惧的晚上。

女知青十几个人挤在一个大厅里，十几张双人床面对面排成两排。女知青们用纱布蚊帐隔出自己的小天地，铺上摆着她们的乐器和日常用品，铺下塞着不同用途的搪瓷盆和各种式样的拖鞋。

大家有说有笑，还沉浸在演出后的兴奋之中。

"大家辛苦了啊！"一个矮个子的中年男子，不打任何招呼地走了进来。

"吕主任！"大家异口同声地回应。

进来的人是县政工组组主任，他一双色眯眯的眼睛，从一个女生转到另一个女生。

"告诉大家一个好消息，县里正式决定成立县文工团了。"

女孩子们一片欢腾，大家使劲地鼓起掌来。

"过两天我们开一个会，宣布名单，名单上有的人就可以回公社迁户口了。"

又是一片掌声。在掌声和女孩子们的欢笑私语中，吕主任来到王晓曼身边。

"小王，你明天晚上吃完饭，到办公室来找我一下，谈谈你的出身问题。"吕主任没有做任何解释，拍拍王晓曼的肩，扬长而去。

提到出身，大家立刻没有了声音。出身不好的不光晓曼一个人，大家看着呆在那里的王晓曼，悄悄回到自己的床边。

一夜没睡好觉的王晓曼，第二天下午早早吃完饭，朝县委大院急急走去。在那个讲究出身的年代，"历史反革命"出身的包袱压在这个涉世未深的小姑娘身上，她不知如何是好。她没有人商量，只能心中祈祷通过这次谈话能让她顺利进入县文工团。

来到大院门口，天已经暗了下来。门卫是一个近六十岁的老人，主动和她打着招呼。

"小王，都下班了，你找谁呀？"晓曼在县里已是家喻户晓的人物了。

"吕主任找我。"

"现在找你？"门卫有些迟疑，侧头看了一眼墙上的黑板，黑板上写着："今晚六点半停电。"

"哦，你去吧。"门卫示意晓曼看看黑板。

"谢谢啦！"晓曼并没有意识到门卫有意让她看看黑板，她毫无戒心地走了进去。

吕主任已经在办公室等她了。因为早已下班，屋子里没有别人。办公室的门敞开着，墙角放着一张行军床，上方挂着一个电子钟。屋子中间的办公桌上，除了一摞学习材料，一部电话，别无他物。另一侧墙边摆着几张方凳，方凳已经破旧不堪。

由于是阴天，屋子又是老旧房，屋里已经很黑了。

"吕主任。"晓曼走进屋子。

"来啦。"吕主任看到晓曼到来，顿时眉开眼笑。

"屋里黑，我来开灯！"他边说边走到门口，拉了一下拉线开关，顺手把门关上。趁晓曼不注意，轻轻地插上了门插销。

他抬头看看墙上的钟，时间指在六点。

"小王，来，坐。"他拉出一个板凳放在桌子前，自己若无其事地走到办公桌后面坐下。他看晓曼坐下后接着说道："小王，你的歌唱得太好了，现在是全县的名人了，你知道吗？"

他看晓曼没有回答，接着问："你是什么时候学唱歌的啊？"

"从小在少年宫学的。"

"大城市就是好，农村孩子就没有这个福气了。"

……

吕主任东拉西扯地不讲文工团的事，晓曼有点着急，又不好多问，只能以一种期待的眼光看着他。吕主任看出了晓曼的着急，偷看了一下墙上的钟，时钟已经指向了六点二十五分。他站起了身体。

"小王啊，按你的唱歌水平进文工团是没问题的。不但没问题，还是台柱子，主要演员。"他一边说一边走近王晓曼。

"可是你爸爸是历史反革命，这个出身就不好办了。"他走到晓曼的面前站住。

"我经过很大的努力，县委才同意让你进文工团……"他停了下来，两只充血的眼睛饿狼般地盯着王晓曼。

"你打算怎么报答我呢？"他露出邪恶的微笑，手向王晓曼的脸上伸去。

晓曼吓了一跳，猛地站了起来。就在这时，电灯一下子熄灭，屋子瞬间一片漆黑。

还没等晓曼反应过来，吕主任一把抱住她，嘴里喃喃地说："小王，我太喜欢你了，你答应我，我立刻让你迁户口进文工团。"

晓曼下意识地用手拼命顶住吕主任贴近的身体："不行，不要这样……"

吕主任不顾一切地一边拉扯着晓曼的衣服，一边抱起晓曼向行军床方向拖。

王晓曼哪里经过这种事情，吓得已经不知道应该如何呼救，如何反抗了。

就在吕主任把晓曼拽到床边，准备强行把她压倒在下面时，一阵急促的敲门声响起。

"吕主任，吕主任，电话！"门外传来门卫老人的喊声，并有手电筒的光柱在窗上一扫一扫。

吕主任一愣，不得不放开王晓曼。

"谁的电话？怎么打到传达室去了？"他扭头问。

"不知道，好像是专区里的，挺急的。"

"好，我就来。"吕主任回过头恶狠狠地对王晓曼说："你不许走，在这儿等我。"刚要转身，又补充一句："不然，你一辈子都别想抽上来，让你老死在乡下！"丢下这几句恶狠狠的话后，他整理了一下衣服，开门出去。

事情发生得太快，晓曼还在惊恐之中没有反应过来，她瑟瑟发抖地站在那里。

"还不快走！"门卫老人急急地催促。

晓曼猛地醒了过来，一边整理衣服，一边擦着眼泪，向门外奔去。

"走后门！"老人又提醒一句。

晓曼三步并作两步，向吕主任的反方向跑去，很快消失在夜幕中。

"混蛋，禽兽不如！"贺小斌听到这儿，愤怒地叫了起来。

"我第二天就回到了张店。"晓曼继续说着。

"现在我也不想去文工团了，平时干干农活，想唱歌就唱唱，挺好。"

小斌看着她那无奈的神情，不知说什么话来安慰她。

"我以为从此就没事了，谁知道今天唱完歌，公社书记又要我晚上去他那儿，再谈谈去县文工团的事。"她停了下来。

"小斌哥，我真的好害怕！我没去，我不敢去。"

听到这儿，贺小斌忽然明白了晓曼今天为什么唱完歌没有回张店的原因：孤单无助的她，就因为漂亮，又遇到了色狼的威胁。

"小斌哥，我害怕今天晚上我不去，我连干农活都不会安宁了。"

"别怕，我就是你大哥，以后不会有人敢欺负你了！"小斌已经感到了自己肩上的责任。

"我认识你们公社书记，明天我去找他说说。"

小斌看着晓曼将信将疑的眼神，接着说："中央现在对你们女知青有政策，他们不敢把你怎么样！除非他们不要命了！"他看晓曼渐渐恢复平静，进一步安慰她。

"你放心，我陪你在农村种一辈子地。"

他指了指远处大棚里的拖拉机说："我用拖拉机帮你耕地。"

"真的？！"晓曼破涕为笑，终于恢复到了往日的神态。

"晓曼，你来看。"贺小斌为了转移她的情绪，从小皮箱里拿出小锦盒，打开后递到她面前。

晓曼捧在手里，乳白色的心形玉坠在如纱的月光下闪闪发亮。小斌想起了小时候妹妹拉着他的手去世的情景。

"这是我去世妹妹的遗物！"他伤感地说。

"十年前我看见你，就觉得你是我妹妹转世。我们一个北京，一个上海，上次在火车上相遇，这次能在这儿再次碰到，真是天缘。"说着说着，小斌动了情。

"这块玉就送给你，我会像保护亲妹妹一样保护你。"

说完，他拿出玉坠准备挂在晓曼的脖子上。他看见晓曼的泪水在眼眶里滚动。

忽然，他发现她脖子上已经挂了一个东西，手停了下来。

晓曼在看到玉坠时，已经在惊讶中迷茫了。听小斌讲完，急忙从衣领里掏出自己佩戴的玉坠，从脖子上摘了下来。

两颗心形玉坠一模一样，在两人的手心里，辉映着银色的月光。

小斌把自己手上的玉坠取下，穿进晓曼的红丝线里，慢慢地给晓曼重新戴上，两颗一样的玉坠叠加在一起，发出轻微的叮当声，像久别重逢后的欢笑。

两个人并肩坐在井台上，望着满天的星星和圆圆的月亮，久久没有说话，身旁只有纺织娘和蛐蛐美妙的鸣叫。

"小斌哥，你说，人死了有灵魂出来吗？会重新投胎吗？"晓曼对这种巧合觉得太神奇。

"死后灵魂还在，转世嘛，宗教是信的。"

"那我会不会真是你妹妹转世？"

"也许吧，老天可怜她。"小斌顺口回答，猛地又觉得不合适，急忙转移话题。

"晓曼，你不会在农村待一辈子的。你有这么好的声音条件和声乐基础，总会有机会的，你相信我！"小斌向来乐观自信，他要感染自己的妹妹。

中秋月开始偏西，一丝丝凉意随阵阵秋风袭来。晓曼打了一个冷战，向贺小斌身上靠去。

"哥，你现在怎么拉起京胡了？钢琴呢？还弹琴吗？"

"上高中就不弹了。"小斌停了一下接着说："上大学后，不久就'文化大革命'了，开始只是跟着样板戏唱唱，后来一研究，京戏还真是博大精深，不愧是国宝，就爱上了。学京胡比钢琴容易多了。"

"刚才你拉的是什么曲子？挺好听的。"晓曼紧跟着问。

"那可是名段！"他从小皮箱里拿出一本册子，是一本发黄的曲谱。他翻了几页。

"你看！"

晓曼顺着他指的地方看去，《贵妃醉酒》。晓曼除了学唱样板戏，对京剧一无所知。

"是写中秋月亮的。"小斌知道一下讲不清楚。

"我识简谱。"晓曼有了兴趣："你拉我来唱！"

"太好了。"小斌一下来了精神。

深夜的淮河大地，一轮冷月高挂天空。穷乡僻壤里，一对中国南北两个最大城市的年轻人沉浸在重逢的欢乐中。

海岛冰轮初转腾，

见玉兔，

玉兔又早东升。

那冰轮离海岛，

乾坤分外明。

皓月当空，

恰便是……

第十章　病虐美人

张店村村外。

寒露，淮河平原的清晨雾蒙蒙的。

五辆履带式东方红拖拉机拉着耕地的大铁犁，浩浩荡荡开到张店村。突突的轰鸣声在张店上空回旋。

老乡们被吵醒，生产队长带着老老少少涌向村头，王晓曼和几个知青也挤在其中。

老乡们哪见过这阵势。平时，只有在春耕时，求爷爷告奶奶地才能请来一台拖拉机，管吃管喝的好几天也干不了多少活。吃得不好，地耕得浅浅的，和没耕一样，还不敢讲。让老乡更不能接受的，就是柴油费太贵，所以一般情况下能不请就不请。

现在一下来了这么多拖拉机，大家都不知道发生了什么事，村革委会张主任和几个老人低声议论着，显出慌张的神情。

"大家别挤，让让路，是我请来帮咱们村秋耕的。"晓曼虽然事先知道小斌会来，但当她看到来了这么多辆拖拉机，又吃惊又兴奋。

张主任连忙拉住晓曼说："小王，你疯了，这让我们怎么招待？"

"不要招待。"晓曼边说边向前小跑起来。

"柴油钱我们也出不起呵！"队长跟在后面跑。

"不要钱，是我哥来帮忙的！"晓曼骄傲地大声回答。

"哥？"主任听到这一句，停下了脚步，有些丈二和尚摸不着头脑。

"你哥？哪来个哥？"跟在后面的知青同学也感到莫名其妙。

"远房的表哥，北京分来的大学生！"晓曼大声回答。

晓曼露出从未有过的自豪的笑脸，领着大家向拖拉机队迎去。

"哥！哥！"她边跑边挥手地大声叫着。

"晓曼！"小斌从第一台拖拉机的驾驶室里探出身子，挥手回应。

"哥。"晓曼眉开眼笑，气喘吁吁地跑到跟前："这是钟福燕，我的同班同学。"晓曼指了指紧跟在身后的一个同学。

"你好。"小斌打着招呼。

"你好。你真是晓曼的哥哥？"小钟羡慕地望着他。

"那还有错，远房表哥，没想到在这儿碰上了。"

"怎么样，上来吧。"小斌岔开话题。

"好啊，好啊！"

"赵师傅，带上小钟同学。"小斌回头对后面的拖拉机喊道。

"好嘞！快来吧。"

小斌一把把晓曼拽进了驾驶室，钟福燕自己三下两下地爬上了后面一台。

长长的拖拉机队伍在晓曼的指引下，在老乡的欢叫声中轰隆隆地开过村庄，向宽广的淮河平原驶去。

淮河平原因为盐碱的原因，十分贫瘠，但却平坦无垠，特别适合拖拉机耕作。在小斌的安排下，拖拉机一字排开，放下铁犁，并排向远方驶去，后面留下一排笔直的翻松发白的泥土和停留在空中的细长的黑烟。

晓曼坐在小斌身旁，一会儿高兴得手舞足蹈，一会儿又跳下拖拉机，跟在后面奔跑，像一只飞翔的小鸟。

小斌看到晓曼如此兴奋高兴，露出满意的微笑。他知道晓曼碰到远房大学生哥哥的消息会不胫而走，在农村，有一个实力强大或身体强健的男人做后盾，没有人再敢轻易骚扰王晓曼了。

日子过得飞快，转眼大半年过去了。

张店村离公社所在地有十几里路，晓曼和知青们平日无事都在地里干活，但每逢公社赶集的日子，知青们就会成帮结伙地到张町集上来转悠。晓曼也会借机来农机二厂看望贺小斌，帮他洗衣服，整理房间。阳光明媚的时候，就拆洗被褥。上午洗，晒干，下午在地上铺块苇席，哼着小调再缝好被褥。

"贺师傅，是你妹妹吗？是女朋友吧？"

"小斌，近亲不能结婚哦！"

每逢听到工人师傅这种善意的玩笑，小斌就会猛烈反击，而晓曼则脸红得像个关公。

空闲下来，他们一个拉京胡，一个学京腔。有时小斌用京胡为晓曼唱歌伴奏，不伦不类时，会引起两人格格笑个不停。

时不时小斌也会拿出一本本书给晓曼，让她学习。有历史，有地理，有哲学。晓曼不懂时会撒娇式地求教，小斌会很认真地讲解。

到了晚霞满天，小斌都会先推着自行车和晓曼肩并肩地在乡间小路漫步，有说有笑。然后带着她飞快地在路过的村庄里穿行，引得一群土狗狂叫着追逐。这时，晓曼就会吓得尖叫不止，捶打着小斌宽大结实的脊背。而小斌则是哈哈大笑。

到达张店村口，两人总会一个要拉他进村，一个细声细语地劝她回去，一直要到两人约好下次会面的时间，才会依依不舍地挥手告别。

又是一个赶集日，贺小斌早早就起来，走出房门。他抬头远望，朝霞满天。

已经阴天有几周了。小斌知道，按常理晓曼今天一定会来帮他洗被子。他怕累着这个妹妹，自己动手先拆开被子，把被里、床单和被面分别泡在两个盆里。

做好一切准备工作，他看看手表，还早，就骑上自行车到公

89

社所在地的小集上寻觅。他在不大的集上转来转去，总没有满意的东西。

正当他沮丧不已时，看到有一个年轻农民东张西望、躲躲闪闪地在卖一条活蹦乱跳的黑鱼。小斌高兴得不得了，三步并作两步跑到跟前，问好价钱买下，拎起黑鱼跨上自行车飞快往厂里骑去。

"晓曼，晓曼！"他估计晓曼已经到了，老远就大声地喊了起来。在这儿能买到一条活鱼，真是千载难逢，他想给晓曼一个惊喜。

"晓曼！晓曼——！"他拎着鱼，边喊边找。他经常遇到晓曼躲起来吓唬他，他以为这次又是这样。

当他确定晓曼真的没有来时，有点沮丧。他从屋里拿出一本书，坐在平时晓曼洗衣服坐的小板凳上，面对工厂大门，时而看书，时而看看大门外。

太阳升到头顶，晓曼还是没有来。小斌有些坐不住了，他一时不知道该如何办。

"我还是先把饭做好吧。"他自言自语。

回到屋里，从床底拉出煤油炉。洗米，洗菜，洗鱼，打鸡蛋……忙手忙脚地终于把饭做好。他摆好一桌菜，把煤油炉用脚推回床底，看看手表，时针已经指在下午两点钟了。

他几次跑到大门外向西张望，连晓曼的影子都没有。他焦虑起来，来回踱了几个来回后，急急地把鱼放进饭盒，倒了点汤，小心翼翼地放进书包，跑出屋子，飞身骑上自行车，向西骑去。

赶到张店，天已黄昏。他多次来过张店村，但每次来玩，晓曼总是迎到村口。他来张店，不是和几个知青说说笑笑，就是和晓曼到村外田野里散步，浸染在快乐的精神世界里，从没有认真看过这个村子到底贫穷到什么地步。在他眼里，这里的村庄都一样。可这次，当他向村里晓曼她们的住处走去时，心在发颤。

昏暗中，高低不平、狭窄的土路弯弯曲曲向前延伸，两边是参差不齐的矮房和断墙，有的门对着路，却看不到完好的房门；有的背对着路，墙上挖个小方洞就算是窗户了。所有的房屋都是干打垒的土坯墙，茅草的顶。土狗乱窜，羊粪的气味笼罩着整个村子。村中央一口两米直径的浅井，是全村几十户人和全部牲畜的饮用水。

离水井十几米远就是晓曼她们知青住的地方。房屋是牲口棚改造出来的，比一般老乡的房子还要矮一截。平时小斌来，知青们的笑声、吵闹声、晓曼的歌声包围着他，让他觉得这个小屋充满了快乐。而今天，静静地没有一点声音。天还没黑，屋内却已黑漆漆的。一种不祥之感袭上心头。

他紧走几步，轻轻敲了两下四边都漏风的门，没有声音。他又用力敲了两下，还是没有回应。他直起身子，猜想知青们都出去了不在家。

他在门口来回地踱着步子。

91

过了一会儿，他无意识地轻轻推了一下门想进去等她们。他知道，平时知青们出去都不锁门，因为她们没有东西可偷，常常自诩她们村是夜不闭户，路不拾遗的桃花源。可是门没有推开。

小斌又用力推了两下，门仍旧未开，他感觉到里面用木棍顶着。

"晓曼。"

"晓曼！"

"晓曼！！"

他一声比一声大地喊。

"哥——"

"哥——"

屋里传出晓曼极其轻微的回应。

小斌的心先是猛地抽到一起，立刻又提到了嗓子眼。他不顾一切地从门轴处拔出房门扔到一旁，发疯式地冲了进去。

黑漆漆的房间一角，朦胧地看到晓曼痛苦地蜷缩在担架一样的淮北式软床上。头发蓬乱，面颊消瘦，往日的美丽荡然无存。床边的地下摆着一个上海带来的暖水瓶，旁边小凳子上放着一个粗瓷饭碗。

"哥。"晓曼努力张开眼睛叫了一声，泪水伴着无神的眼光滚落下来。

"晓曼，晓曼，你怎么了？她们呢？"小斌冲到床边，一手抓住晓曼耷拉在床边的手，另一只手放到她的额头上。

"这么烫！"他转身向外跑去。

不一会儿，张主任和一个背着药箱、赤脚医生模样的人跟着小斌跑了进来。

赤脚医生摸了一下晓曼的额头，号了一下脉，轻声问晓曼："几天了？"

"好几天了。"晓曼微弱地回答。

医生站起身，转向贺小斌。

"是恶性疟疾，正在发作期，每天下午都会发作的，过一会儿高烧会退。"

"每天？"小斌只是知道有疟疾这种病，并不知道它的周期性。

"高烧要三四个小时，给她多喝点水吧。等会儿还会发冷。"医生平淡地说。

"就这样熬？"小斌大惑不解。"你看她都什么样子了？！"

"明天你带她到公社卫生院，要点奎宁，再吊吊水，就快好了。"赤脚医生说完头也不回地跟在张队长后面走了。

"主任！"小斌猛然想起一件事，追了出去。

"主任，那几个知青呢？"

"你还不知道啊？她们早就招工走了。"

"小王没有告诉你啊？"主任又补充一句。

小斌一阵心痛，他回到屋里，坐在晓曼身边，两手紧紧地握住晓曼的手，不知为什么，脑海闪出五岁时贵州麻尾妹妹去世的那个雨夜，两行热泪夺眶而出。

"哥，我想喝水。"

小斌连忙擦了一下眼泪，起身。

"哥，你哭了？"

"没，没有。"小斌背过身，倒了一碗热水递给她。

"哥，没关系，过一会儿就会好的。我们每年都有人打摆子。"

小斌摸摸她的额头，好像烧是退了一点。

"什么没关系，会死人的！"他感到自己说漏了嘴，连忙改口说："她们招工走了，你怎么也不告诉我呢？"

"那有什么好说的。县文工团找过我好几次，是我不愿意去。"

煤油灯的光亮跳了两下，慢慢地暗了下来。

"你们的煤油在哪儿？我来加一点。"

"可能没有了。哦，那个纸箱子里有我们从上海带来的蜡烛。"晓曼指了一下。

小斌打开纸箱，满满一箱蜡烛。

他思索着，开始一根根点亮，摆成一个心形。屋子在心形烛光的辉映下，浪漫而温馨。晓曼迷惑地看着贺小斌，刚想说什么，猛地又感到难受起来。

"哥，我头疼，浑身疼，可能要发冷了。"

小斌赶紧回到床边，紧紧把晓曼用被子裹好深情地抱在怀里。

"晓曼，等你病好了，咱们结婚吧。我不能让你一个人在这儿受罪！"

晓曼没有回答，身体痛苦地抖动起来，上牙碰下牙格格作响。但她还是在小斌的注视下点了点头。

小斌抱着晓曼，两人的脸紧紧贴在一起，等待着漫漫长夜的过去。

第二天一大早，小斌拉着只有几块破板的架子车把晓曼送进了公社卫生院。

公社卫生院只不过是用半截土墙围了一下的小院子，几间没有窗户的茅草土房就是病房，有急诊需要住下的病人，要自己带上绷子床（四条腿的担架）和被褥。

小斌把晓曼安顿在公社卫生院住下，吊上水，摸了摸她的额头。

"没发烧。"他安慰着面色苍白、有气无力的晓曼。

回过身问旁边的医生："她下午还会发作吗？"

"不知道。"医生确实无法回答。

"看吧，她已经一个星期了，下午不再发烧，可能就过去了。"

"不过，奎宁还要吃几天。"医生补充说道。

"知道了，谢谢。"

吊上水后，晓曼的体力渐渐恢复了过来，脸上也有了一点红晕。

"哥，你上班去吧，我好多了。"她看小斌没有走的意思，继续说："反正吊水也没事，你先回去看看嘛，厂里会找你的。"

"那好，我去请个假，中午给你带饭来。想吃什么？"

"我什么也不想吃。"

"我去查查赤脚医生手册，看看得疟疾可以吃什么？"他帮晓曼掖了掖被子。

"乖乖的哦，等我回来。"小斌以大哥哥的口气命令着。

一个白天就在小斌的进进出出间过去了。

接近傍晚，两人都紧张起来。小斌时不时地摸摸晓曼的额头，再摸摸自己的额头。

"晓曼，你难受吗？"

"好像有点。"晓曼被每天的发烧吓怕了。

"医生，医生！"小斌赶忙把医生叫来。

医生让晓曼夹好体温表。

"别紧张，等一会儿看看体温再说。"医生转身离去。

几分钟后，医生回来，拿过体温表。

"37度，不烧了。你们再观察一下，如果今天不发作，这次就过了。"

"太好了！"小斌高兴得叫了起来。晓曼也露出了甜甜的微笑。

一个小时一个小时地过去，晓曼没有再发烧。

"哥，看来我好了。我想下来走走。"晓曼没等小斌同意，掀开了被子。

"好，慢点！"小斌忙帮她穿好鞋，扶她站起来。

来到淡淡的月光下，他们坐在小院的土台阶上。

"哥，我给你讲一个我们邻村的事情。"

小斌看出晓曼好像有什么心事，没有打断她。

"你不知道吧，现在中央对我们女知青有很多保护政策，我们女知青被称为高压线，是碰不得的。我邻村有一个上海女知青和当地农民自愿结了婚，有结婚证，也有了孩子。可前一段那个农民突然被抓起来，判了三年刑。"

"什么？"小斌被这种奇怪的事情惊住。

"说他是强暴女知青。我们那个知青抱着孩子，拿着结婚证到县里哭求，讲她是自愿的都没用。"

"还有这种怪事？"

"我们女知青现在是高压线，不管什么情况都是不能碰的。"晓曼再次强调地说。

贺小斌这才想起，前一段因为全国欺辱女知青的事件频发，中央出台了相关保护女知青的政策。这个县也枪毙了几个欺辱女知青的人。

晓曼看他没有明白自己的意思，弱弱地说道："哥，现在我是不可能和你结婚的！"

小斌这才明白了晓曼讲"高压线"的意思，他沉默无语。

"我知道你是可怜我。"晓曼接着说。

"不，不！我喜欢你，真的喜欢你！"小斌连忙反驳。

“但我不想把家成在这里，我想回上海。”晓曼期望地看着小斌：“我们将来能把家成在上海就好了！”

　　“可能吗？！”小斌心里翻腾了一下。一向自信满满的小斌虽然觉得他们不可能一辈子都待在这里，但他也没有奢望再回北京、上海。

　　两个迷茫的年轻人，没有再说话，默默地依偎在一起。

第十一章　月夜情深

"贺师傅，临河公社有一台拖拉机趴窝了，你和赵师傅去一下。"一大早，调度就给小斌下达了外出任务。小斌收拾好工具，和赵师傅骑上自行车就上路了。

一个小时后他们来到临河公社，一台铁牛 55 拖拉机熄火停在临河公社集镇的东头。

"贺师傅，赵师傅，你们可来了！"驾驶员急忙迎了上来，一面递烟，一面说。

"怎么啦？"小斌接过烟，学着当地人的样子把烟夹在耳朵上，边问边卷起袖子，从自行车后面拿下工具箱。

"谁知道，怎么也打不着火了。发动机声音好像也不对。"

小斌和赵师傅掀开车盖，爬上去检查起来。中午时分，拖拉机修好了。小斌打着火，铁牛又突突地叫了起来。

"好了！"小斌擦着手从车上跳下。

"贺师傅，已经中午了，一起吃个饭吧。"小斌和赵师傅也不客气，跟着司机向公社里面的一家饭店走去。

当他们路过公社文化站时，小斌向里面瞟了一眼。里面不少人围着几个看上去是从大城市下来的气质高雅的中年人。

"这里在干什么？"小斌随口问了一下司机。

"好像是什么音乐学院在招生。"

"什么？"小斌立刻停下步子。

"你们先去，你们先去，我去看看。"小斌转身跑向文化站。

跨进文化站的院门，小斌一眼就看到门口黑板上醒目地贴着一张通告："华东音乐学院淮北招生通知。"他匆匆看了一遍，忙向人群跑去。

他分开人群，来到那几个外地人面前。

"老师，你们招声乐学生吗？"

"招啊。"

"有年龄限制吗？"

"有的，不过主要看条件，条件好是可以放宽的。"一个短发中年女老师耐心地回答。

"我替一个上海知青报名可以吗？"小斌的心已经怦怦地急促地跳了起来。

"可以，不过下午五点前一定要来初试的，明天我们就走了。"

"好好。"小斌从未有过的慌乱，急急在报名表上写下"王晓曼"三个字，转身飞快地向外跑去。

他气喘吁吁地跑到饭店，对着拖拉机司机大声喊道："给我车钥匙，快快！"

司机丈二和尚摸不着头脑，木木地把钥匙递了过去，小斌抓过来，又飞快地转身向拖拉机跑去。

他一步飞跨上高高的铁牛55驾驶座，打着火，几次变挡，铁牛吐着黑烟飞快地向前冲去。

由于拖拉机只能走大路，不像自行车可以穿乡间小路，所以，看上去快，可到张店村口也用了近两个小时。

"晓曼——！"

"王晓曼——！"

小斌一进村子，就边开边喊。

"在村外收山芋呢！"一个老乡回应他。

小斌一踩油门，铁牛奔出村子。

他远远地看到晓曼在山芋地里，一面和老乡说笑，一面捡拾着翻出来的山芋。

"晓曼，快，快上来！"

晓曼看见小斌突然出现，愣在那里。

"小王，你的爱人哥哥来了。"老乡们开着玩笑。

"晓曼，快点上来！"小斌一脸严肃。

老乡们看到小斌真着急的样子，都不再说话。晓曼旁边的一个姑娘推了她一把。

"快呀！"小斌再次喊道，他真是急了。

晓曼这才感到事情的严重，连忙丢下手中的山芋，拍拍手上的土，快步跑到拖拉机旁边。

小斌踩住离合器，没有让拖拉机熄火。他看小曼来到跟前，一侧身，拉住晓曼的手，一用力，晓曼坐在了驾驶座旁大大的半圆弧形的挡泥板上。小斌猛打方向盘，调过车头，一踩油门，拖拉机疾驰而去。

"哥，什么事啊？"

"华东音乐学院招生，有声乐，五点结束。"

"什么？"拖拉机的轰响和小斌说话过快的节奏，使晓曼并没有听清。

"上海华东音乐学院在临河公社招生，有声乐，我给你报名了。"小斌大声喊道。

晓曼顿时像被电击了一样，张着嘴僵在了那里。

"五点前要赶到，不然就完了。"小斌一面说一面猛打方向盘从一条岔路拐进野地里。"我们不能走公路，来不及了。"他看看晓曼，赶忙说："你抓紧啊，别掉下去！"

本来在公路上就颠簸的拖拉机立刻更加颠簸起来，小斌两人随着拖拉机的颠簸一上一下。

小斌不敢减慢速度，随着拖拉机的起伏有节奏地踩踏油门。远远望去，拖拉机像一个三级跳远运动员一蹿一蹿地飞奔。

"哥，我唱什么歌？"晓曼明白是怎么回事后，兴奋起来。

"随便唱，以你的条件毫无问题。"

"那怎么行？"

102

"那就唱大一点的歌，一般人唱不了的。"

"你说呀？具体哪个歌呀？"晓曼有点乱了方寸，脑子一片空白。

"让我想想。"小斌一面紧踩油门，一面把自己知道的、晓曼唱过的、电台经常播的想了又想，潜意识里的北京情结涌了出来。

"唱《北京颂歌》。这歌又好听又有难度。"

"那怎么行，这是男高音的歌。不适合的。"

两个人讨论来讨论去，还是没有结果……

"到了！"小斌远远看到了临河公社的一片房子，边说边把拖拉机拐上了公路。

急驶一段，一个急刹车，拖拉机停在了文化站的门口。小斌先跳了下来，看了一下表，4 点 45 分。

"来，快跳！"

车太高，晓曼有点犹豫。小斌一拽一抱，把晓曼放在了地上。

"快进去。"小斌不管三七二十一，把晓曼拉进院子推进考场。

考场已经没有考生了，几个老师已经站起身在收拾东西。

"老师，王晓曼来了。"小斌推着晓曼高声叫着。

那个女老师看了一下报考的名单。

"王晓曼——考声乐？"老师抬头看看他们。

"对。"小斌抢着回答。

"你是谁？"老师看着小斌。

"我哥！"晓曼答道。

"你们谁考啊？"

"我，我。"王晓曼赶紧向前跨出一步。

这时，几个老师一起看过来，晓曼的美丽和苗条的身材吸引了几位考官，他们对视了一下重新坐下。

"你唱个歌吧。"女老师讲。

"唱什么歌？"

"随便。"

"那我唱《北京颂歌》吧。"晓曼还是听了小斌的话。

"不必唱这么大的歌。"老师对她能否唱好表示出怀疑。"唱个小歌就可以了，我们主要是听听你的声音条件和音乐感觉。"

晓曼突然看见房屋角落的长凳上放着一堆文化站的乐器，里面有一把京胡，立刻有了精神。

"老师，我可以让我哥伴奏吗？"

考官们互相看看，点点头。

"哥，哥——！"晓曼回头叫着。

小斌连忙进来。晓曼一把把他拉到身边，在他耳朵边讲了两句。

"行吗？"

"管它呢！去，去呀！"

小斌从墙角拿来京胡，坐在凳子上，跷起二郎腿，调了调琴。

我们的田野，

美丽的田野。

碧绿的河水，

流过无边的稻田。

柔美、纯净、极富深情的天籁之音使老师们大吃一惊，他们
都挺直腰身，全神贯注地倾听起来。

四句无伴奏的引唱刚刚停下，清脆的京胡以《贵妃醉酒》的
旋律插上。老师们顿时来了精神，有的露出欣喜的微笑，有的敲
打起节奏。

这是晓曼他们平时玩耍时改编的自娱自乐的节目，把京戏改
成京歌是他们的发明。

京歌间奏之间，晓曼的节奏加快，歌词和旋律都发生了改变。

我们的田野，

是希望的田野。

在这希望的田野上，

太阳拥抱着春天。

我们的田野，

是丰收的田野。

在这丰收的田野上，

花香围绕着明天。

……

主歌结束，京胡戛然而止。全场一片寂静。晓曼那天籁之音
缓缓又回到原来的曲调和旋律之中。

我们的田野，

美丽的田野。

碧绿的河水，

流——过——无——边——的——稻——田。

歌声穿出房屋，在淮北平原上回荡。

屋外不知何时已经聚集了很多人，晓曼歌声一停，屋里屋外
一片掌声。考官中的女老师一面鼓掌一面走到晓曼面前。

"不错，真不错！"她珍爱地拉起晓曼的手，问长问短起来。

"来，填个表。"另一个考官冲小斌叫了一声，小斌连忙跑过
去。

叫他的老师一面递过来一张表，一面小声说："让你妹妹准备
复试吧。"

填完表，女老师一直把他们送到门口，恋恋不舍地对晓曼说：
"上学后我来教你。"刚要转身又补充一句："你一定要来哦！"

"一定，一定！"两个人几乎是同时回答地走出文化站。

司机等在拖拉机旁，贺小斌不好意思地把车钥匙递了过去说：

"对不住哦。"

司机没有埋怨，反而笑着说："今天真是饱耳福了。"

小斌转向赵师傅："赵师傅，你跟拖拉机先回去吧，等会儿我骑车回去。"说完，他把赵师傅的自行车举起放上拖拉机。

夕阳西下，天渐渐暗了下来，只有天边的晚霞，变幻着五彩色光。周围的人陆续散去。

"哥，我饿了。"

"好，我们去吃羊肉汤，好好庆贺一下。"

两人高高兴兴地推着自行车向附近的一个小饭店走去。

小饭店不大，门口的位置放着一个半人高的木桶状的东西。打开盖子，热气直冒，一阵阵鸡汤的香气扑鼻而来。

"老板，来两碗羊肉汤，多点羊肉！"

"好嘞——"

老板利索地在两个大碗里各打了个鸡蛋，搅了一下，再从桶里舀出两勺滚开的汤一冲，蛋花翻滚。

"贺师傅，这汤可是真正的老母鸡汤，早上刚放进去两只老母鸡。"老板边说边飞快地切着早已煮熟的羊肉，再放进盛满山芋粉丝的粗瓷大碗里。

"来啦——"两碗淮北特有的热腾腾、香喷喷的羊肉汤放在了他们面前。

"贺师傅，不喝点酒？"他看小斌有点犹豫，接着说："贺师傅，平时不喝，今天可要喝点，为你小王妹妹能跳出'农'门也要喝点！"

"好，来二两！"

走出饭店，月上梢头。淮北农村的山芋干酒，有点苦不说，极易上头，不胜酒力的贺小斌，早已满脸通红，只是夜幕之下看不太出来。

"哥……"晓曼不知道该往哪儿走，迷惑地向两边张望。

"回去。"小斌扶起倒在地上的自行车，跨上去蹬起来。

"上来呀！"

晓曼紧跑几步，一小跳，坐在了后座上。

"坐好了！"小斌用力蹬了起来。

晓曼两手抱住小斌的腰，把脸紧紧贴在了他的后背上。

自行车在公路上骑了一段后，拐进了一条乡间小路。身后星星点点的灯光渐渐消失得无影无踪，整个大地静悄悄地浸泡在如水的月光里。

"晓曼，唱支歌吧。"

王晓曼清了清嗓子，轻轻地哼了起来：

在那金色的沙滩上，

洒满银白的月光，

寻找往事踪影，

往事踪影迷茫。

寻找往事踪影，

往事踪影迷茫。

晓曼的声音越来越大，贺小斌不由自主地跟着合了起来。

往事踪影迷茫，

有如梦幻一样。

你在何处躲藏，

背弃我的姑娘。

你在何处躲藏，

背弃我的姑娘。

……

贺小斌突然停止了跟唱，只剩下晓曼继续放声高歌。

我骑在马儿上，

天一样的飞翔。

飞呀飞呀我的马，

朝着他去的方向，

飞呀飞呀我的马，

朝着他去的方向。

晓曼的声音越来越轻，渐渐变成喃喃自吟，停了下来。

万籁寂静。"怦，怦……"两个人的心跳声跳动在一个节奏上。

自行车被土块颠了一下，一个刹车，猛地停下来。小斌一个脚顶在地上，晓曼顺势站起。两个人没有一点动静地呆呆地保持着原样。

"怦，怦……"两人的心越跳越急，越跳越响，在静悄悄的原野里，听得格外清晰。

贺小斌猛地甩下自行车，几乎是同时，两人紧紧地拥抱在了一起。摔倒在地上的自行车后轮飞快地转动起来。

没有任何语言，两人深情地对视着，慢慢闭上双眼。

小斌轻轻地吻了一下晓曼温柔的嘴唇。晓曼像被触电一样，魂魄出窍般地抖动起来，软绵绵的身体倒在小斌的怀里向下滑去。片刻，她紧紧地抱住小斌，两行热泪流了出来。热烈的深吻让两个人站立不住，缓缓地滑倒在草地上。月亮羞涩地躲进薄薄的云层。

田野上不知名的黄色的、蓝色的小花在他们身边摇动。惊扰散落的蒲公英升上天空，在月光下一闪一闪。萤火虫四散飞开，像一盏盏小小的孔明灯飘飘洒洒。

一阵激烈的亲吻过后，两人气喘吁吁。

弯弯的月亮悄悄钻出云彩。小斌慢慢抬起身子，捧着晓曼发烫的脸。晓曼没有睁开眼睛，乌黑的头发蓬散着像一朵云花，白皙的面颊泛着红晕，被用力亲吻过的嘴唇红得有点发紫，眼角流出幸福的眼泪。

小斌先是吻去晓曼眼角上的泪滴，接着一下又一下地亲吻着她的额头，眼睛，鼻梁，脸颊，下颚，脖颈……晓曼禁不住他的柔情，猛地用双手钩住小斌的脖子，向自己拉过来。

小斌再次把她压在身下，用力地近似野蛮地亲吻着，两人刚刚平复下来的呼吸又急促起来。小斌一手钩住晓曼的头，一手在她身上抚摸起来，晓曼扭动着炽热的身体，享受着爱的滋润。

小斌的手慢慢地向下移动。突然，晓曼紧紧抓住他的手，不让他再深入下去。

"不，不，会怀孕的。"晓曼声音颤抖。

小斌的手停在了她的小腹上。

第十二章　求学遇阻

那夜之后，小斌天天只要没事就坐在厂办公室里等晓曼的复试通知。

十几天就这样过去了。随着时间的推移，小斌的情绪越来越烦躁。这天，刚过十点，他又坐立不安起来，他干脆放下手中的活，向厂门口走去，他要迎一迎邮递员。

"贺师傅，你的信。"邮递员老远就叫了起来。

小斌激动地迎上去接过信，看了一眼，一步三尺地跑回宿舍，推出自行车，向张店村飞驰而去。

"晓曼，晓曼！"刚进张店村，离晓曼的屋门口还有一大段距离，小斌就急不可耐地喊了起来："通知来了！复试通知来了！"他不等晓曼答应，放下自行车，推门就进。

刚一进门，他突地像被钉子钉在了地上一样，一动也不动地张着嘴愣在了那里。

晓曼正在屋里换衣服。下地干活的衣服丢在地上，手里正准备拿起床上的格子衬衣。她没有戴胸罩，雪白的光溜溜的脊背在昏暗的小屋里像绸缎闪闪放光。听到推门声，侧身回头，高耸的乳房一闪而现，青春少女的优美曲线展现无遗。

看到小斌傻傻地站在门口，晓曼立刻抓起衣服抱在胸前。同时，小斌像被蜜蜂蜇了一样，带上门跳出门外。

"进来吧。"平静的声音让小斌怦怦直跳的心放了下来。

"对不起，对不起！"小斌不停地道歉，走进屋子。

"复试通知来了？"晓曼淡淡地问，平和的口气完全出乎小斌的预料。

"来了，来了，你快看！"小斌比晓曼兴奋得多，把信递了过去。

信被撕开拿出，展开信，上面清晰地写着：

王晓曼同学：

你已经通过了我校的初试。请于八月十五日携带本通知和公社介绍信来本校声乐系参加复试。

复试科目：声乐演唱，乐理，试唱练耳。

上海华东音乐学院

小斌没等她看完，急不可耐地抢过来扫了一遍。"我们马上去开介绍信。"他兴冲冲地说。

晓曼没有回应。

他看到晓曼没有高兴的样子时，有些奇怪。

"怎么啦？晓曼。"

"我也不知道，好像我怎么也高兴不起来。"

"不舒服？"他摸了一下晓曼的额头，没有发烧。

"哥，我不想去了。"

"什么？！"小斌吓了一跳。

"我不想和你分开。"晓曼看着小斌突然大声喊了起来。

小斌又吓了一跳。

"我不能没有你，我不能离开你！！"她近似歇斯底里地喊着，扑到小斌怀里，痛哭起来。

被小斌抱在怀里的王晓曼，肩膀一抽一抽的。小斌始料未及，心中就像打翻了五味瓶，不知是什么滋味。半晌，他才明白过来。

"傻丫头，这么好的机会，千载难逢，这是老天给你的。天意不可违的，怎么能说不去就不去呢？"他推开晓曼，替她擦干脸上的眼泪，亲了一下。

"听我说，你先去上学。这是你从小的梦想，现在也是我们共同的梦想，一定要去努力实现的。"小斌抚摸了一下她的头顶，不像是对情人，而像是对妹妹一样地继续说。

"我是国家干部，是可以通过调动工作换地方的。"他停了一下，让晓曼想想。

"你上完学毕业后，分配到哪儿，我就能调到哪儿，我们永不分开。"

"真的？"晓曼将信将疑。

"真的，这我还能骗你吗？"

"那太好了！"晓曼破涕为笑，搂住小斌的脖子，在他脸上狠命地亲了两口。

欢笑声又充满了小土屋，这次是两个人发自内心的共鸣。他们看到新的希望在向他们招手。

第二天一早，小斌两人一先一后跨进公社办公室的门，办公室正面和侧面的桌子后各坐着一人。

"孙主任。"小斌向正面坐着的中年男人打着招呼。

"哎哟，贺师傅，有事吗？"工厂和公社经常要打交道，他们彼此都很熟悉。

"小王也来了。"看见后面的晓曼，孙主任笑着打招呼。

"孙主任，麻烦给开个介绍信。"说着，小斌把复试通知书递了过去。

孙主任看了一下，思索片刻，面露难色地说："贺师傅，这个介绍信，我们不好开啊。"

大大出乎小斌两人的意料，他们俩都显出吃惊的神情。

"为什么？"

"嗯——"孙主任犹豫片刻。

"我们早就接到县政工组的通知，小王除了去县文工团，哪儿都不能去。"

孙主任看他们俩愣在那里，接着说："你们还是到县政工组去问问，他们同意，我们就开介绍信。"

小斌愣在那儿片刻，猛地说："走，到县里去！"拉着晓曼的手向外走去。

他们刚一出门，孙主任就拿起了电话。

小斌隐约听到："喂，吕部长吗？……"孙主任急不可耐地向上汇报。

在长途汽车站等了近一个小时，一辆又破又旧的客车拖着长长的飞扬的尘土缓缓驶来。他们登上客车，在最后一排坐下，默默无语。

车在坑坑洼洼的乡间公路上颠簸，尤其后排，经常被颠得跳起来。

晓曼脑海里不断闪现出那个停电夜晚险遭吕部长污辱的画面。

小斌脑海里一幕幕闪过的是找县政工组交涉的画面：

走正常程序，到办公室去交涉没有结果，怎么办？

低声下气地请他们出来吃饭，点头哈腰地求他们开恩，不起作用，怎么办？

争吵起来拍桌子大声据理力争，被赶出办公室，怎么办？

小斌分析着各种可能性。

找分管县领导，戳穿吕部长的丑陋嘴脸，行不行呢？

"哥，我不想看见吕部长。"

听到晓曼的说话，小斌收回思绪，这才想起一路上都没有出声，忙说："你不要出面，我来找他们。"

他握住晓曼的手，接着说："我们可能要在县城住上几天，你先住到毛巾厂小钟那里。"

晓曼望着他，点了点头。又都陷进沉默之中。

看看快到县城了，小斌走到驾驶员旁边。

"师傅，麻烦您在县毛巾厂门口停一下。"

在乡下，司机还从未听到过这样有礼貌的请求，笑着点点头。

"毛巾厂到了。"随着司机的喊声，客车缓缓停了下来，像是对小斌友好的回应。

小斌把晓曼送下汽车说："在毛巾厂等我，不要乱跑哦。"

汽车再次启动，向县城里开去，小斌从车窗探出半个身子，向晓曼摇着手。

"晚上我会来找你。"他大声喊道。

第十三章　险遭强暴

县招待所。

小斌走进熟悉的县招待所。

登记完，拿起服务员递过来的房门钥匙，走进自己的房间。四人一间的小房间，看上去还挺干净。小斌放下书包，打了一盆水，正要准备洗一下脸，听到两声敲门声。

"请进。"他以为是服务员，连头也没抬。

"你是贺小斌吗？"

不是服务员，他连忙转过身来，手里还拿着湿漉漉的毛巾。

门已被推开，门口站着三个人。两个戴着红袖章的民兵站在门外，一个矮个子的中年人站在门里。

"自我介绍一下，我是县政工组的吕主任。"来人轻蔑地看着小斌，没等小斌反应过来就接着说："你就是贺小斌吧。"他环顾一下四周，"王晓曼不是和你一起来的吗？怎么没在啊！"他径自走到贺小斌的面前。

小斌手里的毛巾一下掉入盆中，溅起水浪。

县毛巾厂。

刚到县毛巾厂的王晓曼和同学正在边说边走，她猛地感到心里一阵难受，头一晕，险些摔倒。她连忙一把抓住同学的胳膊。

"你怎么啦？"同学扶住她，忙问。

"没什么，没什么。"晓曼感到好了一些。"可能坐车时间长了，我们到宿舍去休息一会儿吧。"

"好，好！"

两人的背影渐行渐远。

县招待所。

招待所屋里，吕主任的突然出现，让小斌感到无比的诧异，他警觉地上下打量着这个不速之客。

吕主任回身把门关上，并对门外的两个人讲："你们在这门外等着。"

他得意地走到小斌对面的床上坐下，跷起二郎腿，抖动起来。

"你不要这样看我，坐下坐下。"他反客为主地说。

"听说你是王晓曼的远房哥哥，是吗？"

小斌从懵懂中清醒过来，他刚要张嘴，被吕主任用手止住。

"我今天找你不是谈王晓曼的事。"他有意地停了下来。

小斌又一次陷入迷惑，两道浓眉紧锁，眼睛瞪着他。

吕主任从口袋里拿出一张叠起的文件纸，看看还站在那儿的小斌。

"坐下呀！我来是想给你看一份文件。"他把纸递给小斌，故意拖长声调地说："本来是不可以给你看的，既然你来了，就不发到你们厂，让你先看看。"

小斌拿过文件打开，抬头豁然写着：《关于开展清理反革命分子的通知》。还没等小斌往下看，吕主任拿回了文件。

"我们这种小地方哪来的什么反革命分子。"他阴阳怪气地说道。"不过，你好像是从北京分来的，档案里还注明是有问题的学生，对吧？"

小斌完全明白是怎么回事了。他默然冷静地坐了下来说："你想怎么样？"

"县里要组织个学习班，想让你谈谈北京反革命分子是怎么回事。至于你是不是反革命分子，我们会派人去北京调查调查。调查期间你只能待在学习班里。"

"要隔离我？"

"不是隔离，是学习班。我们乡下人都想听听北京的事，你不妨讲讲。"

经历过政治运动的小斌知道，在这种情况下，任何辩解都无济于事。他心中无鬼，反而不想再谈自己的事。

"吕主任，我想和你谈谈王晓曼上学的事。"他平和着口气说。

吕主任立刻举手止住他。

"王晓曼的事你要王晓曼自己来找我。"他阴阴地一笑，站起身。

"她认识我的办公室，你让她到我的办公室来找我。"

吕主任站起身，走到门口，拉开门，外面两个人还站在那里。

"走吧——"吕主任一反刚才皮笑肉不笑的样子，冷冷地说。

贺小斌一面站起身子，一面飞快地想着应对的办法。

"吕主任，我要给我们厂打个电话讲一下，你无权随便扣留我。"

"可以，你快点，我们在外面等你。"吕部长带着两人先行离去。

县毛巾厂宿舍。

昏黄的灯光下女工们叽叽喳喳。大通铺式的宿舍，一张床连着一张床，晓曼同学钟福燕的床在最里面。

晓曼还是觉得心里一阵胜似一阵地难受，斜靠在同学的被子上。

"几点了？"她时不时问戴表的同学，心里开始焦虑起来。

"我哥不会有事吧？"她在同学面前总是这么称呼贺小斌。

"不会的，他那么个大小伙会有什么事。"

"钟福燕，传达室电话！"门外传来喊声。

"我的电话？"小钟缓缓起身，嘴里嘟囔着："从来没有人给我打过电话呀？"

121

晓曼猛然跳起。

"是我哥打来的！"说完，飞也似的奔了出去。

晓曼冲进传达室，一把抓起放在桌子上的电话。

"哥，哥！"

"晓曼，是我。"电话里传出小斌平静的声音。

"晓曼，你听好了。"小斌顿了一下。

"刚才我碰到吕主任了，他讲你的事要研究，不能马上决定。"

晓曼静静地听着。

"你明天就回乡下去，我在县里还有事。"

"不，我等你一起回去。"

"不行，是厂里的事，要很多天的。"

晓曼没有出声。

"听话，你先回去等我的消息。记住，在张店等我，复试的事哪儿也别找了。"

"听见了吗？"小斌大声强调。

"听到了。"晓曼慢慢放下电话，眼睛里流露出迷惑和不解。

第二天，王晓曼无精打采地坐上了回张町公社的车。她一夜没有睡好，脸色发灰，显得浑身无力。身体随着客车的颠簸而起伏。她不相信小斌说的话。

"到底发生了什么事？"她一面自言自语，一面按了按想得发疼的太阳穴。

当汽车停在张町公社站时，晓曼蔫蔫地下了车。

回张店的路经过农机二厂。她走到厂门口，鬼使神差地走了进去。打开小斌宿舍的门，她喘着粗气，感到身上哪里都难受，就侧身靠在被子上，昏沉沉地睡了过去。

不知睡了多久，屋外很多人嘈杂的议论声惊醒了她，她竖起耳朵。

"听说贺师傅被县里扣下了，是真的吗？"

"什么是反革命分子？没听说过呀？"

"贺师傅在北京肯定犯事了，不然怎么能分到我们这个乡下来？"

"他这个妹妹还能睡着，恐怕还不知道吧？"

晓曼的心一阵紧似一阵地抽搐。她猛地跳起来，冲出房门，推开人群，向公路跑去。

她站在公路旁，不停地用手示意想拦下一辆车返回县城。

一辆辆车从她身边飞驰而过，半天没有一辆停下。

晓曼急得眼泪在眼眶里打转。她突然发现前面不远处有一个大的拐弯处，车辆都会大大降低速度。

她快步跑到拐弯处等待着。

一辆解放牌货车飞驰过来，到拐弯处一个刹车，车速立刻减了下来。就在车头拐向另一个方向的瞬间，晓曼不知从哪儿来的勇气，紧跑两步，双手抓住车尾箱板，她立刻被车拉了起来。

123

她拼命地先把一只脚挂在车板上，人被吊起。在汽车卷起的土尘中，晓曼的身形不断地向上攀，掉下，向上攀，掉下。几上几下后，她终于消失在卡车后厢板里。

县委大院。

一间门口挂着"反革命分子清查办公室"牌子的屋子已经亮起了灯，两个在招待所"抓"贺小斌的民兵坐在灯下看报纸。

房间是一个套间，贺小斌坐在里间的一张桌子前奋笔疾书。一会儿，他伸了伸腰，转动了一下脖子，站起来在屋里踱着步子，一会儿又回到座位上继续书写。

桌子上摆着一摞信纸。第一页清晰地写着：

尊敬的省知青办公室领导：

我要急切地向你们反映一件上海女知青受到严重性威胁的事件……

县委大院另一间办公室里，吕主任丢掉手中的报纸，懒洋洋地站起来。

他刚要端起桌上的茶杯，电话铃急骤地响了起来。

"喂——，哪位？"

"我是王晓曼。"

"王晓曼？！"吕主任一下来了精神。

"小王啊，有什么事吗？"他装出平淡的样子。

县毛巾厂传达室。

王晓曼拿着电话，传达室桌子上摆着一本厚厚的翻开的电话簿，同学小钟站在旁边。

"吕主任，我哥被你抓起来了？"

"什么抓起来了，多难听啊，是学习班，你可以来看他的。"

"好，我这就去看他！"

"慢，慢。"对方明显感到晓曼还在听，接着说道。

"小王啊，你想让你哥没事早点出来，你想开介绍信去复试都可以商量嘛。不过，电话里讲不方便，你还是来我办公室谈吧。"

啪的一声，王晓曼把电话挂掉了。

县政工组办公室。

吕主任放下电话，手仍然按在上面。

"鱼儿要上钩了。"他得意地笑着。

他眯起他那双发泡的眼睛，想着晓曼白皙的皮肤和俊俏的脸蛋，淫秽的血液让他浑身发烫。

他哼着小调，走到那张他专门用来奸污有求于他的女知青的行军床边，仿佛看到晓曼赤裸地躺在上面，他脸上露出淫荡的奸笑。

毛巾厂传达室。

"晓曼，你不能去。县文工团那几个漂亮小姑娘，听说都被他睡过。"小钟阻止着推门欲出的王晓曼。

"不行，我不能让我哥替我受罪！"晓曼坚定地边说边向外走。

"你自己送上门去？"小钟边拉住她边说："你不是羊入狼口吗？"

"那我有什么办法？"晓曼停下步子，望着小钟问。

"那，那，你也不能……"小钟说不出口。

"是我惹的祸，我不能让我哥替我受罪……"晓曼嘟囔着，像是鬼迷了心窍一样向厂门外走去，黑纱一样的夜色笼罩着她的背影。

王晓曼径直来到县革委会大院，向政工组的办公室走去，没有任何犹豫和动摇，一步，一步。

此时，贺小斌又一次从桌子后站起，拿起写好的上访材料，翻了翻，叠好，放进中山装的上衣口袋里。

他感到有点累，关了灯，躺在简单搭起的平板床上。

"晓曼应该回到张店了。"他想着，闭上了眼睛。

晓曼来到吕主任办公室门口，停在那里，她好像在做最后的决定。

她眼前闪过插队以来的点点滴滴。她自信，自己已经不是刚刚插队时的那个天真幼稚、什么都不懂、可以任人摆布的小姑娘了。她也不是几年前举目无亲、有苦难诉的外地知青了。她有哥哥的呵护，有这几年的农村锻炼，她相信自己有能力应付眼前的变故。

"哥，该我为你做点事情了！"晓曼举起了手，向门上敲去。

"咚，咚，咚。"

"咚，咚，咚。"

静静的县革委会大院里，敲门声是那样的清晰，那样的沉重。

心灵感应真的出现了，躺在黑暗中的贺小斌，当晓曼第一次抬手敲门的时刻，跳了起来。他觉得有什么东西在揪他的心，他莫名其妙地大口喘着粗气。

他心神不宁，摸索着打开电灯。他想平复一下自己，向门外走去。

"干什么去？"门卫拦住了他。

吕主任办公室的门被打开了。

"小王，好久不见了，越长越漂亮了啊。"

晓曼像没有看见他一样，径直走了进去。她一直走到办公桌

127

跟前，回过身来。

"吕主任，我可以不去华东音乐学院复试，我也可以到县文工团来报到，但你必须把我哥放了，并永远不许再找他麻烦。"晓曼一字一句、斩钉截铁地说。

吕主任被晓曼的气势镇在那里，半天才缓了过来。他没有想到晓曼发生了这么大的变化。他知道今天要想得手，用骗小姑娘的一套是不行了。

"小王，好商量。坐坐。"

"我要先见我哥！"晓曼像没有听到他讲话一样。

"没问题，可是你要知道我是有条件的。"吕主任知道拐弯抹角已经没有用，丑恶的嘴脸暴露了出来，他向晓曼逼近。

"这个不可能。"

"怎么不可能啊？"吕部长厚颜无耻地伸出一只手，想去摸晓曼的脸。

晓曼后退一步，一把打开他的手。

"你不要乱来，我会告你的。"

贺小斌被门卫拦在屋里，急得团团转，他心里越来越难受。他预感到有什么事要发生。

"是晓曼！"

"她没有回去？"

"她来找吕主任了？"

一连串的问题在他脑海里浮现出来。

"你们吕主任的办公室在哪儿？我要见他！"他大声问门卫。

"快说呀！"他一把拎起门卫的脖领。

"前面，前面第三间！"

小斌丢下门卫，向外冲出。

吕主任被晓曼的警告吓了一跳，愣在那里。

可当他看到晓曼就要走出房间的瞬间，兽性大发。

他冲到门口，拉灭电灯，像饿狼般向晓曼扑来，晓曼猝不及防，被压倒在下面。

黑暗中，两人扭打着。

晓曼刚要喊叫，吕主任一把掐住了她的脖子。晓曼的意识随着呼吸的困难渐渐在消失，抵抗的手软了下来。

吕主任黑暗中露出狰狞的冷笑，开始脱去自己的上衣……

"哥——哥——！"晓曼心里呼唤着。

她猛地清醒过来。

"哥——！"

她尖叫起来。

随着晓曼的一声尖叫，门被"嘭"地一脚踢开，小斌冲了进来。

昏暗中，他拎起吕主任，一拳照鼻梁砸去，吕主任的鼻子和嘴巴立刻喷出一股腥臭的液体。

贺小斌小时学过拳击，愤怒之下，拳技大发，雨点般的拳头在吕主任的脸上猛击。

后面赶来的门卫拉亮电灯，眼前的一切惊呆了他。

小斌还在拼命击打着吕部长。王晓曼站在一旁，一边整理衣服一边冷眼相看。

看有人来了，贺小斌放下吕主任，拉起晓曼快步走出房间。

"吕主任，吕主任。"门卫呼喊着，顾不上离去的贺小斌。

半天，吕主任抬了抬被打得像猪头一样的脑袋，拼命睁开只剩一条缝的眼睛。

"快，快通知公安局，抓贺小斌，抓贺小斌！"

贺小斌拉着晓曼快步跑着。

来到大院门口，他看到停车棚里有一台三轮摩托车。

"你等一下。"他对晓曼说了一声，转身跑了过去。他来到摩托车前，熟练地把手伸进驾驶盘下面抓出一把不同颜色的电线，找出两个最粗的红色电线，用力扯断。然后翻身骑上摩托车，拧了拧手把油门，再用脚挂上空挡，把两根红色电线一连，两根电线打出火花的同时，摩托车突突地响了起来。他挂上一挡，把车徐徐开到晓曼面前。

不知什么时候，院子的大门已经被门卫老人打开，老人急切地向他们挥着手示意他们快走。

"快，上来！"小斌向晓曼喊道。

"谢谢，谢谢！"晓曼一面向第二次救她的老人挥手致谢，一面爬上车斗。她还未坐稳，摩托车就一溜烟地消失得无影无踪了。

"哥，你闯祸了。"晓曼紧紧抓住车斗前的把手，生怕被飞驰的摩托车颠掉。

"我不是让你回张店吗？你为什么不听我的。"小斌生气地大声喊着。

晓曼从来没有看见过小斌这样生气，不敢再吭声。

"多危险！你差一点就被……"

"姓吕的这个浑蛋，我饶不了他。"

县毛巾厂门口。

摩托车停在毛巾厂门口，小斌扶着晓曼下了车。

贺小斌已经冷静了下来。

"晓曼，你听好了。"他严肃地望着晓曼。

晓曼知道他有点大男子主义，却从未看到过他这样的眼神。她不敢说话，只能点点头。

"你今天晚上就在小钟这儿住一夜，明天一早就回张店。"他看看晓曼点了一下头，就接着说："吕部长不敢再找你的麻烦，他会怕你告发他。"

晓曼又点了点头。

"你在张店好好等我，我一定要为你讨一个公道。"小斌坚定地说。

"那你现在怎么办？他们会抓你的。"晓曼着急地问。

县城方向已经可以看见汽车远光灯的光柱迅速向他们移来。

"你不要管我，听我的就可以了。"小斌不想让她担心。

"哥——"

"快进去吧，快！"小斌向她挥挥手。

汽车灯光越来越近，已经可以听到发动机的轰响了。

晓曼依依不舍地向厂里走去，猛地回转身子抱住了小斌。

两人依依不舍地抱在一起，亲吻了起来。

片刻，小斌狠心地推开晓曼，转身跨上摩托车，向远处驶去，迅速消失在黑暗中。

县长途汽车站。

清晨，小斌把摩托车停在离汽车站很远的地方，警惕地步行进入候车厅，来到售票窗口。

"请问，最早到宿县的班车是几点？"

"六点。"

"来一张。"

他一面掏钱一面向门口望去。有几个穿着警察制服的人正在走进候车厅大门，东张西望地寻找着什么。

"买不买呀？"售票窗口里不耐烦地叫着。

小斌没有理会，连忙从侧门走出候车厅。

他跑回摩托车旁，重新发动摩托车向东开去，然而没有多久摩托车突突两下，熄火了。

小斌知道是没有油了，他无可奈何地下了车，避开公路，一会儿走田埂，一会儿钻进高粱地，紧张地继续向东走去。

不知道走了多久，天暗了下来，小斌蓬头垢面地来到了宿县火车站。他观察了一下四周，走进候车室，拍了拍身上的灰尘，钻进厕所。

他从厕所出来时已经清洗整理得干净了许多。他来到售票窗口："来一张最近的去北京的车票。"

第十四章　赴京上访

"起来，起来！"一个穿着白色警服的铁路公安推了推火车候车室睡躺在长椅上的贺小斌："干什么的？把证件拿出来！"

小斌猛地惊醒，一骨碌坐起身来。

他到北京已经有几天了，可他却无处可以容身。当年他从迎水桥回来没多久妈妈就主动要求调离北京，铁道部以照顾夫妻分居的名义把爸爸调出了迎水桥，保住了一条性命。等贺小斌考上大学，全家除了已经工作的姐姐，随即全部离开了北京。而留在北京的唯一亲人姐姐，此时也调到了洛阳。

好在贺小斌对北京很熟，白天去信访办，晚上就找一些可以睡觉的地方混一夜。这夜，他刚来到北京火车站和衣睡下，就让警察当盲流盯上了。

"有没有证件啊？"警察大声呵斥着。

贺小斌连忙掏出工作证递过去说："我准备回去，还没来得及买票。"

警察听出他的京腔，有点吃惊，对着工作证上的照片上下打量半天。他一面把工作证递还给小斌一面说："北京人啊？！怎么弄成这样？"说完摇摇头，扬长而去。

　　他捉迷藏式地在北京站几个候车厅里不断地换地方睡觉又混过了一夜。天一亮，他就急急洗一把脸，向信访办赶去。

　　这是他第三次去信访办了。第一次是口头反映，说是要书面材料。第二次递上书面材料又要他等几天，说是材料要分类。

　　小斌第三次从信访办出来，仍然没有任何确切的结果。说是已把材料转到安徽省知青办，让他回去等消息。

　　小斌从与其他上访的人员的交谈中已经感觉到上访不是一件简单的事，这样等下去，想要在晓曼复试前解决问题是不可能的。可是晓曼一定正在非常着急地等待着他的消息，他应该怎么做呢？

　　他思绪混乱地走进中山公园，穿过曲折的彩绘长廊，来到五色坛旁，他想到公园后面的筒子河处找个没人的地方坐下，静下心想一想下一步该怎么走。

　　一个小皮球滚到他的脚下，他弯腰拾起。一个三四岁的小男孩跑了过来。

　　"叔叔，是我的球。"孩子天真可爱的样子很是招人喜欢。

　　小斌蹲下身子，把球递给小男孩，顺手摸了摸他那粉嫩的小脸。

　　"还不快谢谢叔叔。"一个女人的声音响起。

135

"不用谢，不用谢。"小斌一面说一面站起身子。当他与说话的女人对视的刹那间，他呆在了那里。

"贺小斌？"

"张兰萍？"

两个人几乎同时喊了出来。半天再也没有了声音，直到小男孩拉了拉张兰萍的衣角。

"是你的儿子？"小斌首先打破僵局，"真可爱！"

"快叫叔叔。"张兰萍像大梦初醒，但没有回答小斌的问题。

"叔叔好。"

小斌抱起男孩："真乖。"

"让他自己走吧，"张兰萍接过孩子说："你毕业分配后怎么一点消息都没有了？"她平静下来了。

"一言难尽啊！"小斌轻轻叹了一声。

"好多同学都想办法回北京了，你怎么不想想办法？"张兰萍拉着男孩的手慢慢向前走，避开小斌的眼光。

"毕业后，我到处打听你的消息，只知道你去了安徽。我给淮北的好几个县都发了信，可都退了回来。"她看小斌默默地跟在后面，就继续说："后来我就结婚了。"她侧眼看看身边的小斌，小斌没有什么反应。

"去年，我离婚了。"

小斌一愣，停下了脚步。他知道离婚虽然与他无关，但女孩心底里的初恋还是会起作用的。

"没什么，离了挺好，挺自由。"她看小斌停下脚步，反倒安慰起小斌来。

"哦，你来北京有事？"张兰萍看出小斌不想谈这个话题。

"有事，我们找个地方聊聊吧。"小斌决定把上访的事和她商量商量，他知道她是一个正义感很强的人。

"好啊！"张兰萍高兴起来。

"你把孩子先送回家，我请你吃饭，西单'又一顺'，咱们吃涮羊肉怎么样？"都是老北京，讲起吃的地方，亲近了许多。

"好，明天晚上六点，不见不散！"张兰萍立刻答应下来。

"宝宝，和叔叔再见。"张兰萍拍拍孩子的头。

"叔叔再见。"

"你儿子真乖。"小斌摸摸孩子的脸。

张兰萍尴尬地笑了笑，朝大门的方向走去。

贺小斌对中山公园再熟悉不过了，他三转两转就到了筒子河边。此时的筒子河畔没有一个人，静静的，听得见风的声音，沿河的垂柳与河上的倒影浑然天成，再配上不远处的金光闪闪的五色角楼，就是一幅绝色的水彩画。

小斌不知道来过这里多少次了，每次在这里得到的都是欢乐，但这次是落难失魄，不知所措地来到这里，更奇妙地是为了一个下乡的女知识青年来到这里。

他在一把绿色的长椅上慢慢坐下，靠着椅背，仰面朝天："天啊！"他喊出声来，仿佛在乞求上天的帮助。

北京，西单十字路口。

火红的、大大的、圆圆的太阳从长安街尽头缓缓落下。贺小斌和张兰萍先后来到西单路口，走进"又一顺"。

他们各要了一瓶啤酒，各自挑好一小碗特色佐料，面对面坐下。

两盘切得薄如纸的羊肉放在眼前，火锅肚子里的木炭一点点红了起来，锅里的汤微微在翻滚。两个人都没有说话，都在考虑如何开这个头。

"你昨天说有事，什么事啊？"还是张兰萍先打破沉默。

小斌想了一下："你还记得专案组查抄我宿舍的事吗？"

他看张兰萍不解地点点头，就继续问："你还记得你没收我的东西时，从我的手里拿走一张照片吗？"

张兰萍摇了摇头。

"你再想想！"小斌有些着急，"就是从我手里拿走的那张。"

张兰萍回想着那时的每一个细节。

"哦，想起来了，不是你和妹妹的照片吗？"

"对了，就是那张。你知道吗？她不是我的亲妹妹，只是一面之交，可我们有缘在安徽碰到了，就在一个公社。"

他看见张兰萍感到莫名其妙的表情，连忙解释说："是我远房的妹妹，三岁时就分开了，后来她在上海长大。她八岁时我们在北京少年宫见了一面，留下了那张相片，以后就再也没见过了。"

小斌一口气讲完。他不知道为什么要这么解释，但从心里就愿意这样讲。

张兰萍还是没有明白小斌讲这些的缘由，两眼盯着他，流露出疑惑的眼神。

小斌平复了下来，停了一会儿。

"还是从我毕业离开北京讲起吧。"

小斌喝了一口啤酒，讲了起来。

……

两人不知道讲了多久，长安街的华灯早已点亮。他们走出饭店，站在长安街旁，身下拖着长长的黑影。

"明天周日，我爸休息，你到我家来吧。"张兰萍停下脚步，面对着小斌接着说："我爸战友多，看他有没有安徽的战友可以帮上忙。"

第二天下午，贺小斌来到北京西山下一个军队大院的门口，他向值班哨兵讲了要找的人后，哨兵打了个电话。

一会儿，张兰萍迎了出来。

"我没有跟我爸讲你来，他最不愿意求人了，到时候你见机行事吧。"她一边说一边领着小斌来到一个小独院里。

院子的葡萄架下，一个精神矍铄、头发花白的军人正在聚精会神地自己摆着一盘象棋，手上拿着一本棋谱。小斌从兰萍那儿知道，部队授衔时，他是少将。

兰萍刚要叫爸爸，小斌连忙拦住，轻轻地走了过去。

"张叔叔，在摆棋谱啊？"

兰萍爸爸没有回答，也没有抬头。

"我陪您下一局好吗？"

"你？"将军抬起头看了他一眼，有点不屑一顾的样子。

小斌也不管他同意不同意，一屁股坐在对面的小凳子上。

"张叔叔，来下一盘，一个人下多没意思。"说完，就摆起棋来。

"爸，你们先下，我去准备饭。"张兰萍笑呵呵地走进屋去。

贺小斌小时候在少年宫正规学的象棋，到大学已是一个象棋高手了。兰萍爸爸手上的棋谱书他早就背过，所以他是胸有成竹地来挑战，以便拉近和将军的关系。

"张叔叔，您先走。"

"红先黑后，你先走。"

小斌看看自己的红棋，有点不好意思地说："那我就先走了。"

第一局，小斌以"当头炮"进攻之势布局，很快就占了上风。到了中盘，他看老人有点急，故意走错两步，丢掉一个"炮"，以极其微弱的优势赢下第一局。

"再下一盘！"老头命令着。

第二局，小斌一开始就示弱，布出"仙人指路"守式。中盘厮杀又故意丢掉一个"车"，很快败下阵来。

"再下一盘，三盘两胜。"老人并不因为赢了棋而高兴。

第三局，小斌一开局就拿出拼杀的战术，下到残局双方都没剩下几个棋子。

"叔叔，和棋。"小斌放下手中的棋子，轻轻地说。

将军没有说话，站起身向房门走去。他看小斌没有动，头也不回地说了一句："来呀！"贺小斌赶紧跟上，前脚贴后脚地走进屋子。

"爸，下完了。"张兰萍从厨房里伸出头。

"这小子棋下得不错，故意让我。"将军嘟囔着坐在厅里的简易沙发上。

贺小斌不敢坐，毕恭毕敬地站在那儿。

"你叫贺小斌？"他看看站得笔直的小斌一眼。

"坐吧。"

他看小斌坐下，继续说道："大学时小萍在家常常提到你，你现在怎么样啊？"

"我在安徽农村修拖拉机。"

将军有些惊讶："你不是学无线电技术的吗？你的问题不是解决了吗？真是乱弹琴。"

"我挺好，谢谢叔叔。"

"那你来北京有什么事吗？"他看兰萍给他端来一杯茶，推给小斌，"喝吧。"

"没什么事，就是想北京了，回来看看。"

他看了一眼兰萍，继续说："没想到那么凑巧，刚到北京就碰上了她。"

他不知道该不该讲晓曼的事，只能用眼神征求张兰萍的意见。

"不想讲就算了。"将军站起身走向书房。

兰萍推推小斌，小声说："快去！"小斌赶紧起身跟进了书房。

书房的灯亮起，玻璃门映出两个人的身影。张兰萍生怕打扰到他们，安静地坐在沙发上一动不动，焦虑地听着屋里的动静。

开始，两个身影都没有动，面对面地站着。

过了一会儿，将军的身影来回地踱着步子。

"混蛋！"传来将军的怒吼。

又过了一会儿，猛地传出将军拍桌子的声音。

"岂有此理！"

又过了一阵，门开了一个缝，小斌侧身轻轻地挤出。

"怎么样？"兰萍急切地小声问。

"嘘——"小斌做了个手势。

他坐到兰萍的身旁，两个人互相看了一眼，又都转过头盯着书房里将军的身影。

先是看到将军打了一阵电话，然后就没有了动静。

"爸，该吃饭了！"等了好一会儿，兰萍试探地叫了一声。

门开了，将军手里拿着一封信，小斌连忙站起迎了上去。

"这是给你们省知青办公室军代表的信，你去找一个叫赵亚夫的，把王晓曼的事好好汇报一下。我就不信没有人能管你们那个混蛋的吕主任了！"

北京火车站的站台上，贺小斌和张兰萍握手告别，他刚要转身登上火车。

"等一等。"张兰萍叫住他，从口袋里拿出一张纸条。

"这是我住处的电话，公用电话。"她看小斌不解的样子，笑了笑说："平时我都是住在新街口，离单位近，星期天才去看看我爸。你有事给我电话，别直接找老爷子。"

小斌接过来顺手放进上衣口袋："替我谢谢老爷子。"

车轮滚动，不一会儿火车就从丰台站掠过。他回想起自己毕业离开北京时的情景，淡淡地笑了一笑。此时他已没有了当年的空虚感，他满脑子是晓曼的身影和她那焦虑、期待的眼光。他闭上眼睛，思考起到省里如何申诉的事情来。

他摸了摸放在贴胸衬衣口袋里的信，露出自信的微笑。

第十五章　百年洪灾

　　南下的火车，先是在一片蓝天下行驶，然后不知不觉就行进在昏暗之中，接着又行驶在小雨里。火车驶过徐州，雨势越来越大，豆大的雨点敲打着车厢像打鼓一样砰砰作响。

　　七十年代最严重的一场暴雨向江淮大地袭来。

　　倾盆大雨已经稳稳地急急地下到了第三天。从天到地，从近及远，整个淮河流域浸泡在水中。

　　小斌望着窗外的雨帘，心里七上八下的，冥冥之中，他仿佛听到了晓曼的呼唤。他决定先回张町公社看看，尽管他知道县公安局可能还在通缉他，他问心无愧，他要勇敢地直面要来的一切。

　　火车在宿县缓缓停下。车门一开，小斌跳下火车，冲向检票口，但瞬间被一阵瓢泼大雨打了回来。他从上衣口袋拿出那封将军的信和张兰萍留给他的电话，在垃圾桶里找了块破塑料布包好，重新放进口袋里，再次冲进雨里，向长途汽车站奔去。

农机二厂旁边的浍河，雨季前还干涸无水，现在已是河水爆满，湍急的河水咆哮着翻滚着向东冲去。河两岸已筑起高高的堤坝，看似没有什么险情，堤上只留下不多的村民在巡堤。

厂里已停工，所有的工人都回家参加各自村子的防洪去了。贺小斌赶回工厂后，没有人追问他这一段时间的去向，他被分配在厂里值守。

他望着门外的大雨，听着屋里漏下的水滴敲打脸盆的声音，心里想着晓曼。王晓曼的村子就在水库的下面，他不得不为他们担心。

"这么大的雨，水库能顶得住吗？"

"万一水库决堤了……"

他不敢再往下想，急得在屋里踱来踱去。突然，电话铃声大作，他急忙抓起电话。

"喂，是农机二厂吗？"

"是！您是哪位？"

对方显然被带有京腔味的普通话回答惊住了。半晌，对方才讲道："把你们厂长叫来，我们是县抗洪指挥部。"

"厂长——，电话！"小斌对隔壁房间喊了一声。

厂长急忙赶过来拿起放在桌子上的电话："喂，我是梁厂长。"厂长的淮北口音很重。

"老梁啊，我是吕主任，刚才接电话的是不是贺小斌？"

梁厂长大吃一惊，下意识地回头看了一眼小斌。

"你控制好他，别让他再跑了，我马上带公安局的人过来。"对方没有听到梁厂长的回答，大声喊道："听到没有？"

"知道了，知道了！"梁厂长又瞟了一眼贺小斌，放下电话。

"厂长，有任务吗？"小斌真以为是抗洪指挥部的电话。

梁厂长没有回答，他在屋里踱着步子。一分钟，两分钟，五分钟过去了，贺小斌感觉到什么，轻声问："县政工组的电话？"

梁厂长停在小斌面前："嗯。"他稍停片刻，指了指门外大雨中的拖拉机，语气坚定地说："你快开拖拉机去看看小王，这里我来值班！"他看贺小斌还在犹豫，提高声音说："他们要来抓你，你赶快去找小王，把上访的事交待一下。"

贺小斌不再犹豫，他从抽屉里拿出一个塑料布包好的小包，小心翼翼地放进贴身衬衣口袋里，披上雨衣冲进雨里。

他跑到工棚下一台铁牛55旁边，飞快地爬上驾驶座，插上钥匙一拧，拖拉机一声轰鸣，烟道喷出一串黑烟。小斌急打方向盘，开出厂门，拖拉机消失在雨雾中。

乡间雨中的泥泞小道上，空无一人，道路两边的水已漫上路面。拖拉机喘着粗气前行，快到张店的村口时，拖拉机一个侧滑，斜翻到路边水沟里。

小斌从驾驶室里爬出，浑身泥水。他顾不上许多，连滚带爬地向村里奔去。

张店村的四围已打起堤坝，水随风起拍打着堤坝，时不时越过圩坝的顶端流进村子。

村里好像没有什么人。

"有人吗？有人吗？"小斌边喊边向晓曼的住处跑去。晓曼的房门敞开着，由于地势低洼，水已经淹进屋里。

"晓曼？晓曼？"虽然他已经看到屋里没人，还是大声叫着。"人呢？"他正感到奇怪时，看到村革委会张主任远远走来。

"张主任，张主任！"

"贺师傅？你怎么在这儿？"

"人呢？"

"上级通知，水太大了，要泄洪，大家都转移到水库大坝上去了。"

"王晓曼呢？"小斌大声喊，生怕雨中队长听不见。

"也在坝上，你快去找她吧。"

"你呢？"小斌刚要转身又停了下来。

"我再检查一下就去，你快去吧，再过半个小时就泄洪了。"

"张主任，小心一点啊。"贺小斌看张主任向他挥挥手，便转身向水库方向奔去。

水库大坝上，来自附近各村的老乡凌乱地站得到处都是。有的穿着雨衣，有的打着雨伞，大多数只是顶着一块装化肥的编织袋或披着一片塑料布。拉家带口的就挤在简陋的帆布帐篷里。

堤坝的另一侧停放着一排拉着挂斗的拖拉机和解放牌汽车，挂斗和汽车上堆放着各种防汛物资，抗洪民工在不断往下卸着这些物质。在县里下来的干部和公社书记的指挥下，场面有序，人们并不显得很慌乱。

平时旱季只有池塘大小水面的浍河水库现在已是浩瀚得像无边的大湖泊，水浪在大风的推搡下有节奏地拍打着堤坝，正常的泄洪道已开到最大，瀑布般的库水像是被抛出去一样垂直急速地砸向浍河，浍河像一匹脱缰的野马向淮河干流奔去。浍河的水已和两边的堤岸齐平，随着泄洪的加大，水位还在上涨，一旦决堤，浍河两岸的村镇将全部被淹没。

公社书记和县里的几个干部跑来跑去，他们已经接到县抗洪指挥部的指令，必须全力保住浍河大坝，防止大坝垮塌造成浍河河水上涨的失控，进而保证淮河洪峰的形成在可控制的范围内。

"晓曼！晓曼！"小斌刚刚登上大坝，就一面喊，一面在人群里搜寻。

"哥！我在这儿！"晓曼从一顶帐篷里钻出，打着伞跑向贺小斌。

"晓曼。"

"哥。"

雨中两人的手握在了一起。

小斌接过伞，怕雨淋着她，把晓曼往怀里搂了搂。晓曼绵羊般地靠在贺小斌的怀里，一种安全感油然而生。

她抬头望着小斌满是泥泞的脸，心疼地用手帮他擦拭起来。

"晓曼，我刚从北京回来。"

"你去北京了？"

"我这儿有一封北京首长给我们省知青办的信，等雨季过去我们一起去合肥。"贺小斌一边说一边从口袋里往外掏信，刚要把怀里的塑料袋掏出来，猛地从远处传来惊恐的叫声。

"不好啦，决堤啦——！"慌乱的尖叫立即打破了堤坝刚刚的平静。老乡们恐惧地纷纷向水库大堤的两头跑去，宽阔的水库堤坝上顿时只剩下了几个不知所措的干部。

向大坝中间望去，大坝已经被撕裂开一米多宽的口子。洪水涌出，在巨大的库水压力下，浪头像妖魔般飞快地撕扯着豁口。

小斌推开晓曼，扛起沙袋向缺口跑去。干部们这才缓过来，急忙指挥起抢险人员扛起沙袋，跟在贺小斌后面向缺口跑。

抢险堵漏开始，可是巨大的水流冲击力岂是几个沙袋能堵住的？扔下去的沙袋，瞬间冲得无影无踪，眼见得口子越来越大，决堤垮坝随时都可能发生。

"快撤吧！"有人向公社书记建议。

情急万分。

贺小斌回头猛地看见晓曼身旁停着一台正在抢卸石块的解放牌卡车，他急步跑回到晓曼身边。

"晓曼，快离开这儿，要决堤了！"他一边推搡着晓曼一边从上衣口袋掏出塑料布包塞到她的手里。

"拿好，雨停了再看。"他略停了一下，接着说："吕主任要来抓我，以后无论发生什么你都要坚强。一定会上音乐学院的！"说完，他双手用力抱了一下晓曼，转身飞快地向汽车跑过去。

事情发生得太突然，晓曼没有明白是怎么回事，手捧着塑料包，傻傻地望着他的背影。

小斌冲向汽车，少年时期最喜欢演奏的钢琴曲——肖邦的《革命练习曲》在胸中回荡。他拉开车门，启动汽车，用最快的时间完成一挡到五挡的转换。解放汽车像脱缰的野马在水库大堤上奔跑，在雨雾中向水库缺口飞驰而去。

小斌不断地踩深油门，汽车劈开雨雾变成了一匹发怒的狮子，在缺口处，带着一车石块，带着贺小斌，飞身而起。

当汽车到达缺口的最高点时，人们看到，驾驶室车门瞬间被推开，贺小斌越出车外。他和汽车一起坠下。

汽车稳稳地堵住了水库缺口，贺小斌划出一条美丽的弧线坠落进了翻腾的像开锅一样的浍河河水中。

"哥——！"王晓曼一声撕心裂肺的惨叫，瘫软在地上。

一辆警车拉着警笛开上堤坝，戛然一声停在人群的后面。没有人理睬跳下车的吕主任和身后的民警，大家簇拥着王晓曼向堵住的缺口扑去。

第十六章　浪中求生

　　贺小斌在跳出车门的瞬间，相信自己完全可以从翻滚的河水中钻出来，游到岸边，保住性命。他从小胆大，七八岁时就偷偷跑到北京太平湖里游泳，差点淹死，被爸爸痛打了一顿。长大后，北京大一点有水面的地方——什刹海，昆明湖，怀柔水库，密云水库他都游遍。这次淮河流域历史性的特大洪水虽然他没有见过，但他并不怕水，他相信自己的游泳能力。

　　他习惯地在入水之前深深地吸了一口气，闭上眼睛，双脚朝下夹拢，两手抱在胸前，使身体始终保持直立，只听"扑通"一声他钻入大坝下开水翻滚般的浍河水中。

　　人一入水，暴雨的拍打声，泄洪瀑布的轰鸣声，坝上人群的喊叫声，瞬间在贺小斌的耳旁消失得无影无踪。水下的安静和平静使得小斌感到仿佛进入了极乐世界。然而这种感觉片刻就消失殆尽，他知道这次入水的危险性。他紧蹬双脚，双手拼命地向下压水，想尽快浮上水面。

可是他突然觉得自己的努力毫无作用，身体不但没有往上浮，却被另一股力量往下拉。他心慌起来，加快了手脚的力量和频率，但仅仅只能减缓一点被下拉的速度。

贺小斌的肺部开始向外排气，口和鼻孔都在向外吐着水泡，他明白入水前吸进来的空气快要用完了，按照他过去潜水的经验，留给浮出水面的时间，最多还有几十秒钟。

"遇到旋涡了？"小斌猛地想到父亲小时候向他讲过的湘江里游泳遇到旋涡的故事。当时，父亲是很随便对他说的，但他印象深刻。父亲说："江河里游泳遇到旋涡是经常的事，第一不能慌张，第二不能乱动，只能顺着漩涡让它卷。旋涡把你卷进水底但过一段时间还会把你卷出水面，卷出水面的瞬间用力游出就得救了。"贺小斌已经没有时间去想父亲讲的是真是假，他只能冒死一试。

他停止了手脚的动作，用手捏住鼻子，尽量放慢嘴巴向外吐气的节奏。一股巨大的旋转力立刻把他向河底拉去。十秒，二十秒……小斌心中数着时间，他感到河水的流速极快，自己像是被一个巨人抱着在河底向前奔跑。三十秒，四十秒……他感到入水前吸入的空气已经快要全部用完，但他还在水底。五十秒，六十秒，绝望从心底骤然升起，他已经无法再憋下去了，他无望地张开嘴喝下了第一口浑浊的河水。当第一口水喝入，一切就由不得自己了，水一口一口地往里灌。

突然，他感觉自己的身体在往上走。"有救了！"当这个念头跳出来的瞬间，他立刻闭住嘴巴，顺着水势，下意识地用自由泳的动作加速向上划去。

片刻，他感觉到了光亮，他使出浑身的力量向上一蹿，一股他有生以来感到的最清新的空气迎面扑来，他迫不及待地深深地换了一口气，横过身躯，用力打水，划水，冲出了直径近一米的大旋涡。

他以为只要冲出漩涡，就能看见河岸，再努把力就可以游上岸。可是他立刻再次陷入绝望之中，湍急的河水像一匹脱缰的野马，浪花翻滚着把他一下就带出十几米。他从浪涛中向四周寻望，汪洋一片，根本看不到河岸，四周时不时有折断的树干，淹死的家畜，成捆的秫秸从身边冲过。

浍河是安徽北部淮河的一条重要支流，位于沱河流域和涡河流域之间，流域面积达八千多平方公里。该流域是黄河泛滥后冲积出来的平原。流域狭长，地势由西北向东南倾斜，首尾平缓，中段峭陡。流域的地形变化很大，上游多为冲刷遗留下来的小潭小坑，中下游大部分属于坡河性质，断面浅小，排水困难。一到雨季，只要雨下得急，就会河水漫堤下泄，流域一片汪洋。所以，就在小斌离开农机厂上堤坝寻找王晓曼的很短时间里，浍河已经全面漫堤，浍河流域已经一片泽国。

贺小斌失去了自救的方向，他只能顺流而下。随着时间的推移，他感到筋疲力尽，几次呛水以后，游浮的动作越来越力不从心，当身体渐渐地沉下去时，他只能下意识地挣扎两下，他知道再这样下去，自己必死无疑。

不知过了多长时间，河水缓和起来，翻滚的浪涌和飞转的旋涡越来越少，但流速却丝毫没有减慢。混浊的水流托着贺小斌无声地往淮河干流前进，小斌渐渐闭上了眼睛，意识开始模糊起来。

"哥——哥——！"他仿佛听到有声音叫他。

"哥——！"他脑际里出现的是晓曼的影子，而声音却是贵州麻尾逝去妹妹弱小的童声。

"哥，你来啊，我好想你……"他隐约看到远处穿着一身白色婚纱的晓曼手里捧着一支白色的蜡烛。黄色的绿豆般大小的烛光一闪一闪，微笑地在向他招手……

突然有什么东西猛烈地撞击了他一下，他忽地睁开眼睛，一截断树干碰撞他后正要从他身边流走。他全身的血管都膨胀了起来，急急抓过树干，紧紧搂在怀里，一种死里逃生的感觉油然而生。他满眼是水，不知道是河水，还是泪水。

晓曼静静地躺在浍河大坝抗洪指挥部帐篷里的软床（淮北农村简易床的叫法）上，手背上吊着生理盐水，旁边蹲坐着一个赤脚医生。

在小斌开车堵坝跳下车门的同时，王晓曼和抗洪的老乡们都涌到缺口向下张望。晓曼一边撕心裂肺地叫着"哥"一边泪如喷泉地大哭。大家都盼着看到小斌从翻滚的水浪里钻出来，盼着他能游到依稀可见的岸边。可是时间一分一分地过去，大家始终没有看到小斌的人影。随着大家惋惜地放弃盼望，纷纷离开缺口，晓曼悲伤过度地昏厥过去，被老乡抬进了抗洪指挥部。

雨还在如注地下着，大坝的缺口虽然被堵住，但库水还是渐渐地在不知不觉中漫过了大坝，一下形成几百米宽的瀑布向下倾泻而去。浍河水位猛地涨了起来，河水迅速漫过两边的河堤，浍河两岸一片汪洋。

指挥守坝的公社书记浑身是水地无奈地走进指挥部帐篷，拿起电话。

"喂，县抗洪指挥部吗？找朱县长！"他大声喊道。

"朱县长，我是浍河大坝。大坝漫堤了，我们四面都是水，被困在大坝上了……"

没等他讲完，电话里传来嘶哑的喊声："一定要坚持，一定要坚守大坝，漫堤不要紧，绝不能垮坝！明白吗？绝不能垮坝。"稍有停顿，电话里继续喊道："告诉坝上的全体抗洪人员，向贺小斌学习，人在大坝在！"

"是，向贺小斌学习！"书记大声重复着。

"小斌哥——"晓曼微微动了动身体，她在昏迷中正梦见自己一身白色的婚纱手捧着一支白色的蜡烛远远地站着，黄色的绿豆般大小的火苗一跳一跳，她向小斌招着手，她的小斌哥从水中向她微笑地走来……

公社书记的突然喊声唤醒了她。"小斌哥！小斌哥——"她

155

猛地坐了起来，四处张望。当她望到的是到处漏雨的帐篷和浑身湿透的公社书记时，她知道自己看到的小斌哥只是昏迷中的幻觉，又呜呜地哭了起来。

"小王，别哭了。"书记走到晓曼面前安慰她说："贺小斌会游泳，水性好，一定没事的。"他看晓曼抬起头看着自己，接着说道："等雨停了，我给你派一条小船，让你们村张主任陪你一起到下游去找，一定会找到他的。"

"真的！"晓曼一下站了起来。

"真的，你现在赶紧吃点饭，雨一停，就去找！贺小斌一定没事的！"书记说完向外走去。

听了书记的安慰，晓曼感到一股暖气从脚底升起，迅速传遍全身，脸颊一下子通红通红的，她不知道自己已经在发烧了。

"我哥不会有事的，他不会有事的！"她一边喃喃自语，一边拔掉手背上输液的针头，跟着公社书记冲出帐篷。

天渐渐暗了下来，远处的电闪雷鸣在向贺小斌推进。贺小斌虽然借助于树干的浮力，始终没有沉入水中，但长时间的饥寒浸泡使他的意识又一次迷糊起来。他怀疑自己是否还能坚持下去，求生的渴望让他拼命地用手撑住树干，尽量地抬高身体，四下张望。他多么渴望能看到一棵挺立在水中的大树，多么渴望能看到一栋能露出屋顶的民宅……

不知又过了多久，天开始由暗转黑，一团浓密的乌云压向贺小斌的头顶，先是几滴豆大的雨点，紧接着一道闪电划破夜空，贺小斌眼前一片耀眼的波光闪动，在震耳的雷声还没有砸下来的瞬间，他猛地看见前方有一处高出水面的黑影。

"房子？！"贺小斌兴奋的叫声被雷声淹没。

当第二道闪电再次划破夜空，小斌清楚地看到在自己前方不远的地方，有一栋露出屋顶的房子孤零零地挺在水中。"房子！"他心中大喜，使出全身的力气向房子方向划去。

可是他万万没有想到，怀中的树干在水流的挟裹下突地带着他向另一侧滑去，眼看就要偏离眼前的房屋。

贺小斌知道，唯一生存下来的机会可能转瞬即逝。他顾不得多想，奋力推开怀中的树干，拼尽全力向房屋方向划水游去，树干很快消失在夜幕下的急流中。

他突出这股暗流，很快就划到了房屋的跟前。

在淮北，农村的房子绝大多数都是没有地基的土坯或干打垒的墙体，洪水一泡，迅速垮塌，所以贺小斌一路漂来看不见任何房屋的踪影。而眼前的这栋房屋是砖墙瓦顶，尽管洪水已经淹到了屋檐下，房屋却没有倒塌。

小斌无心去想为什么会有这么一间房，也无心去想自己已经漂到了什么地方，他只想赶快爬上房顶，脱离险境，等待救援。

他伸出双手抓住屋檐下的椽子，拼命引体向上，把身体拉出水面，收腹卷体，高高地抬起一只脚搭在房檐上。他换了一口气，他坚信，凭他的体育功底，搭在屋檐上的脚只要一用力，就能够翻身上到屋顶。

就在他准备发力的瞬间，他感到屋顶上有个东西在游动，他立刻停了下来。又是一道闪电，那个晃动的影子闪着鳞光，瞪着红色的黄豆般大小的眼睛，吐着信子从屋顶边缘探出头来。在连续的闪电下，一个黑色的蟒蛇的三角形蛇头和贺小斌的惊愕的双眼在不到四十厘米的距离对视着。不容片刻犹豫，贺小斌本能地以急快的速度腾出一只手向蟒蛇挥去……

就在贺小斌出手和蟒蛇一搏的瞬间，一道从天而降的闪电伴随着震耳欲聋的爆炸声正好击中这座突出在水面的屋顶。

小斌只觉得伴着一股热浪，屋顶的瓦片爆碎着向他的脸上砸来，几根冒着火舌的椽子像箭一样扎向他的胸前，贺小斌顾不上脸上的灼痛，本能地抱住砸在身上的木椽昏厥了过去。

随着房屋的倒塌，贺小斌又跌入洪水之中。

第十七章　缘起便条

连续十几天的大雨，在夜晚最后一次的雷电交加狂泻之后，终于在凌晨渐渐停了下来。久违的泛着白光的晨曦，收缩成一团团白雾向高天散去。

大雨一停，保住的浍河大坝，立刻拦住上游的来水，挺立在浍河中央，巍巍雄姿在水雾中依稀可见。贺小斌用大卡车堵住的缺口，已经被无数的沙袋填满，卡车已经看不见踪影，大坝下游的洪水失去了猖獗的动力，平静了许多。

向四野望去，漫天的积水向浍河干流流去，渐渐露出了树干、屋顶、土丘、堤岸。

连续奋战在大堤上的人们早已被折磨得筋疲力尽。堤上除了几个强撑着监视水情的狼狈不堪的壮年民兵外，所有的男男女女都蜷缩在不同的帐篷角落里酣睡。

浑身湿透、一脸泥水的王晓曼不知在睡梦中遇到了什么，猛地一个激灵跳了起来，钻出塑料膜围成的雨棚。

"雨停了？"她不相信地把手伸展开，高高地迎向天空。

"雨停了，雨停了！"她一面高声呐喊着，一面向抗洪指挥部的帆布帐篷奔去。

"张书记，张书记，雨停了！"晓曼一手掀开帐篷的门帘，快速用眼睛在帐篷里搜寻着公社书记。

"张书记，雨停了，快帮我去找我哥！"她扑到趴在桌子一角睡得正香的公社书记身边，抓住他的胳膊使劲地摇，焦虑地喊。

帐篷里四五个抗洪指挥部的干部都被晓曼的叫声惊醒。当他们听到"雨停了"时，也一下清醒过来，涌到帐篷外，向天上看去。

张书记看着渐渐散去的云层和偶尔显露出的久违的蓝天，紧锁的眉头舒展开，自言自语地说："这次，雨可能真的停了！"

"张书记，张书记！"晓曼用力拉了一下书记的衣角："张书记，雨停了，你答应我派船去找我哥哥的！"晓曼生怕他反悔，提着心，以一种乞求的眼神望着书记。

"小王，放心，我马上安排。"

北京，新街口。

新街口马相胡同里，一个不大的四合院是张兰萍在北京市里的住处，这儿离她上班的单位比较近。

她在睡梦中被一阵急促的敲门声惊醒。

"张兰萍，电话！"传来居委会李大妈的叫声。

她从被子里伸出手，睁开蒙眬的眼睛看了一下手腕上的表。

"谁呀？这么早来电话？！"她边嘟囔边掀开被单，下床走向窗户，拉开窗帘。天已蒙蒙发白。

"不知道，你快点，看样子挺急。"大妈说完转身走去。

张兰萍随便披上一件衣服，快步出门，小跑着来到胡同口李大妈家的公用电话处。

"喂，谁呀？"张兰萍气呼呼地拿起电话，她忽然感觉到有些失礼忙改口："哪位呀？"边说边理了一下盖在眼睛上的短发。

"喂，你是张兰萍吗？"对方大声喊道。

喊声震得张兰萍耳膜嗡嗡作响。她连忙把话筒拿远一点，用北京人特有的礼貌语气问："您是哪位？我就是张兰萍。"

"我们是洪县人民医院，刚刚抗洪前线给我们送来了一个从洪水中打捞起来的人，已经不行了。"对方唯恐她听不见，仍旧大声喊着。

"什么？"张兰萍有些莫名其妙，她也大声喊了出来。

"人快不行了，我们在他身上只找到一个塑料袋包的字条，字条上写着你的名字和这个电话。"对方听出了张兰萍的疑惑，大声解释。

张兰萍的心一下揪了起来。她立刻想到北京站送贺小斌时她递的电话字条。她惊慌地木在那里，拿电话的手抖动起来，心脏一阵难受，半晌说不出话来。

"喂，听见了吗？"

"听见了……"张兰萍颤抖着回答。

"你是他什么人啊？"对方问。

"同学。"张兰萍顺口答道。

"同学呵。"对方有些失落："那你看看能不能通知他的单位或亲人，赶过来看看，不然可能就看不见了！"

"好，好！"张兰萍的心脏又颤抖了一下，她用手按住左胸大声叫道："你们一定要把他抢救过来！"

她眼前浮现出贺小斌将死的样子，泪水一下涌了出来："我是他的女朋友，我是他的女朋友，我马上就去，马上就赶去。"她失控地大声哭泣起来。

她没有贺小斌单位和家人的任何联系方式，只有她赶过去才有可能确认是不是贺小斌。为了引起对方的重视，她必须把自己说成是贺小斌的亲人，于是她大声地断续地喊道："你们一定——要抢救——要等我来，我是他未婚妻，一定要——等我来啊！"张兰萍丢下电话，向家里奔去。

"洪县？洪县？洪县在哪儿呢？"张兰萍一边往家跑一边念叨着。在她的地理知识里，对洪县这个地方没有任何印象。

她跑进屋子，在墙上的中国地图上盲目地寻找着，一无所获的她急得额头上汗气直冒。

她转身到不大的书架上翻找出一本中国地理图册，急急翻到安徽省一页。情急之下还是没有找到。她猛然想起贺小斌在聊天时提到过他所在的拖拉机修理站旁边有一条河叫浍河。她连忙用手指在地图上滑动着，细细地寻找起淮河流域的一条条河流。涡河、沙河、颖河、沱河、濉河……

"浍河！"她眼睛一亮马上沿着浍河两侧搜寻起来。濉溪、宿县、固镇、灵璧、五河……

"洪县！"她终于在江苏洪泽湖的西北方向找到了洪县的地理位置，她激动地用手指敲打着地图。

她舒展了一下紧张的有点发僵的身体，再次弯下腰用手指着，开始从北京向下寻找去洪县的交通路线，没有直达的铁路线，只有京浦线上的宿县离洪县最近。

张兰萍的心脏又一次悸动起来，她难受地坐在床沿上，从床头柜里拿出药瓶，倒出两粒白色的药片放进嘴里。

片刻，她站起身，急促地收拾好一个小包。冲出四合院，跑出马相胡同，站在了西外大街的马路上。

正好一辆开往北京火车站的无轨电车停在公交车站上，她挥着手，紧跑几步，跳上了电车。

拖着两根长辫子的无轨电车在不宽的马路上右拐左拐，时快时慢，停停走走。张兰萍的身体随着车厢摇来摇去，她渐渐平静了下来。她开始考虑自己去看一个仅仅有自己电话的垂死之人，是不是太草率了？

"是贺小斌吗？他怎么会在洪县？"她一边自言自语，一边后悔自己为什么在电话里没有多问点情况。

"我没有给过别人电话，一定是他！"她联想到最近的新闻广播都是淮河抗洪的事，又开始坚信自己要去看的人一定是贺小斌。

"他怎么会这样呢？"在张兰萍脑海里，贺小斌是一个永远生机勃发的英俊青年。"他不可能就这样死去的！"她刚刚平复下来的情绪又波动起来。她横下一条心，一定要弄清这是怎么回事。

她突然又想到刚才电话里讲自己是贺小斌的未婚妻，脸颊飞上一朵红云，张兰萍其实并没有结婚，无轨电车的摇晃把她带进回忆之中。

由于出身好，她大学毕业后就留在了北京。贺小斌拒绝与她交朋友的信深深地刺激了她的自尊心，她曾发疯似的到处发信想找到贺小斌的下落，表达自己的心声，但都没有结果。

心灰意懒后，她就想随便找个人嫁出去算了。

在爸爸的介绍下，她认识了一个自己并不喜欢的男人，很草率地领了结婚证。谁曾想到，婚前检查竟查出自己有严重的先天性心脏病。医生告诫她，最好不要结婚，即使结了婚，性生活也不能太剧烈，千万不能要孩子，生孩子会有生命危险。她不愿连累别人，又办了离婚。

爱情和身体的双重失落刺痛了她的心，她决定不结婚了，单身一人，不给任何人带来麻烦。

可是，前不久与贺小斌在中山公园的偶遇，在她的生活中真是一石激起千层浪。

中山公园猛然碰到时，她脑子一片空白，自己也不知道为什么说自己已经结婚了？为什么不解释身边的孩子是姐姐的孩子？那天晚上，她一夜未眠，决心要把一肚子的话都在第二天的会面中向贺小斌倾诉出来。

未曾料想，西单的会面，贺小斌讲出了王晓曼的故事。虽然贺小斌的讲述是一种疾恶如仇、仗义执言、拔刀相助的感觉，但她还是能听出贺小斌对王晓曼的爱怜之情。她把自己要讲的话收了回去，她决定先帮助贺小斌完成信访上诉。

在送别贺小斌回安徽的站台上，她把自己的电话写在字条上，递给了除了他父亲以外的唯一的男生手里。字条上除了电话号码外，还写了一行字："我是你永远的朋友——萍。"她希望这个字条能够成为他们之间的一座友谊或者是爱情的桥梁。

一个急刹车，把张兰萍从回忆中拉了出来。隔着电车的玻璃，她望见了北京火车站琉璃墙面衬托下的黑色钟楼。

第十八章　丽人招魂

浍河上，一条水泥小船顺流而下，湍急的河水裹挟着不大的船身左右摆动。王晓曼半蹲在船头，一手拉着船帮，一手拿着望远镜不停地四下巡望。

淮河流域的特大洪水在渐渐退去，坐在船帮上的王晓曼被眼前骇人的惨景惊呆了。

两岸所有的树木都被拦腰折断，房屋、庄稼无一幸免地都被冲毁。洪水挟带下来的泥沙像一头怪兽毫不留情地横扫一切，吞噬掉它看见的所有生灵，堵塞掉它扫过的每一条活路。

晓曼时不时可以看见淹死的猪、羊、猫、狗。它们有的被水久泡，涨得无发辨别出原貌。有的被泥沙掩埋掉，仅露出死亡前挣扎的恐怖的面容。她有生以来第一次看到大洪水后的惨景，沉重的心情迫使她不得不放下手上的望远镜，难过地闭上双眼。

"小王，你快看！那边是什么？"船尾掌舵的张店村主任指着远远的、隐约可见的一个晃动胳膊的黑影。

随船的农机厂的梁厂长也同时看到，激动地站起身。

他一边高声喊："小王，小王！快看看，是不是贺小斌！"一边挥着手对张主任说："快靠过去，快！快！"

听到梁厂长的喊声，王晓曼从难过中回过神来，她全部的神经都绷了起来。

她忘记了自己在船上，跳了起来，船身剧烈地晃动起来。

"小心！"梁厂长扶了一把王晓曼。

王晓曼挺立起身体，把上身探出船外，举起望远镜向远处的黑影望去。片刻，她就像泄了气的皮球一样又坐了下来。

梁厂长接过望远镜望去：一个额头上围着白布条的中年村妇，手里晃动着用白纸剪拼出的一个直径四十厘米左右、长约一米五、通体呈圆柱形的幡，站在被洪水冲毁的村外喊叫着什么。

梁厂长放下望远镜，看到村主任询问的眼光，摇摇头说："是招魂的，不知是丈夫还是孩子让水冲走了？"

"招魂？"晓曼来到农村这么多年从来没有听说过，更没有见过招魂，不由得好奇地转过身，望着梁厂长。

"哦，招魂是我们这儿农村的一个风俗。文化大革命扫四旧就没有人敢公开搞了。"

梁厂长看晓曼还是盯着自己，一副没听懂的样子，只好继续解释着说："农村人都迷信鬼魂的存在，认为人死了就是魂魄离开了身体。如果有人突然莫名其妙地得了重病或突然死去，他的亲人就会在晚上夜深人静时，打着幡连声呼唤死去的人的名字，想把他的魂魄喊回来。"

晓曼扭转头，心事重重地拿起望远镜长时间地盯着那个招魂的农妇。

……

江苏洪县。

张兰萍跳下宿县到洪县的长途汽车，一路问一路小跑地寻到了洪县医院。当她看到门口的牌子时，已经是离开北京第三天的晚上了。

她走进县医院灰色小楼的大门。昏暗的灯光下，医院的简陋和破旧超出了她的想象，她一下愣在了那里，不知往哪里去。

由于已经下班了，不大的门厅空无一人，她东张西望地摸索着往走廊里走，好一阵子，才发现一间屋子的门缝露出一丝灯光。

张兰萍轻轻地敲了一下门，她听到里面有人站起的声响，没等对方发问就急忙说道："同志，我是北京来的，想向您打听个事儿。"

门里一阵骚动，显然被"北京"两个字和正宗的北京腔惊住了。

"来了，来了！"浓重的苏北话音刚落，门就打开了一条缝。一股烟雾夹带着浓烈的呛人的烟叶味从门缝里涌出，把张兰萍逼退两步。

她扫了一眼屋里，几个叼着自卷的圆锥形纸烟的中年汉子，脸上贴着长短不齐的纸条，蹲在凳子上，手里拿着扑克向外张望。

"你是北京来的？"开门的人上下打量着张兰萍。

"是的。"张兰萍连忙收回目光。

"是不是来认人的？"

"是的，是的！"张兰萍肯定地回答，不住地点头。

"在太平间呢，一直往前走！"对方用手指指黑漆漆的走廊的尽头。

"什么？"张兰萍急得吼了起来。

门被拉开，一个医生模样的中年人披着白大褂走了出来。"你是张兰萍同志吧？"没等张兰萍回答他就接着说："电话是院长让我打给你的，你跟我来吧。"

张兰萍脑子被"太平间"三个字牢牢地抓着，僵僵地跟着值班医生往前走，走廊里回响起"嚓！嚓"的脚步声。

"你未婚夫叫什么名字啊？"医生首先打破僵局。

"贺小斌。"张兰萍木然地说。

"他怎么会漂到洪泽湖里去呢？"医生仿佛是在自说自问。

张兰萍的脑子猛地清晰过来，她急急地大声问道："是啊，他是怎么到你们这儿的呀？！"她声音有些颤抖，一把拽住医生："你们不是说在抢救吗？"

她望着医生回过头来的眼睛期盼地说："他真的救不过来了吗？"她没有等医生回答，拽着医生向前冲去："快，快带我去看看！"

走廊尽头一盏暗红色的电灯一闪一闪，好像随时都要熄灭一样。灯下一间有两扇门的房间的门框上隐约可见"太平间"的标牌。张兰萍冲到门口，犹豫了一下，伸手要推开房门。

"张同志。"值班医生叫住了她。

"你一个女同志进去不合适，你还是到抢救室去等吧，我让他们把贺小斌推过去。"

他看到张兰萍疑惑的眼神，解释道："我们一直在抢救他，但我们这儿条件不行，除了输液、吸氧，就没有别的办法了。"

他停顿了一下，接着说："就在你来的前一个小时，他的脉搏和心跳都听不到了。我们不知道你什么时候才能到，就先推到这儿来。"他说着，指指太平间，略显尴尬地说："这里不吉利，你一个女同志就不要进去了吧？"

他看张兰萍没有说话，连忙说："抢救室不远，就在那边，我带你先去。"他突然想起什么，从口袋里拿出一样东西，递给张兰萍说："这就是他身上唯一可以证明身份的东西。"

张兰萍接过来一看，是自己写给贺小斌的那个电话纸条。当她看到自己端正清秀的字迹——"我是你永远的朋友——萍"时，像一下掉进了冰窟窿，全身哆嗦起来，她无力无语地跟在医生后面向抢救室移去。

淮北张店村。

裤子满是泥浆，上衣满是灰土，精神极度疲惫的王晓曼坐在尚未完全清理出来的小屋里。

两天来，她为了寻找贺小斌的下落，奔波在浍河安徽段两岸的村庄、公社抗洪指挥部、各公社卫生院。几乎到了见人就问，见物就查的地步。她不知道自己吃过饭没有，不知道自己睡过觉没有，她已经有些精神恍惚。她的小斌哥生不见人，死不见尸，她的心快碎了。

夜深人静，眉毛般细小的一弯白月在淡淡的浮云中穿梭。晓曼把事先准备好的白幡挂在竹竿上，流着眼泪在头上扎上白布条，拿上白幡悄悄地向村外走去。

不知浮云何时已经散得无影无踪，弯月被孤零零地钉在群星之中一动不动。它像一盏明灯洒下清白柔弱的光亮，照满晓曼眼前的小路，小路伸向远方。

晓曼在万般无奈的情况下，想到了那个招魂的村妇。她决定今晚要为贺小斌"招魂"。她虽然不相信招魂可以让小斌回到自己的身边，但她胸闷心痛，一股气流在身体中不断地冲撞着喉咙，她必须喊出来。

晓曼在村口的一个土堆旁站定，把白幡插在土堆上。圆柱形的白幡在夜风的吹拂下，忽左忽右地旋转着飘动起来。晓曼望着夜空的深处，双手向前伸出。

"小斌哥——你回来吧！"她再也抑制不住自己的悲哀，放声地哭喊了起来。

"小斌哥，我不能没有你啊！你快回家吧！"

"小斌哥，你不能丢下我走啊！你走了，我怎么办啊？"

她一遍又一遍地呼号着贺小斌的名字。悲哀凄凉的招魂呼号让晓曼痛彻心扉，她站立不住，跪倒在土堆上。

"小斌哥，你——回——来——啊！"

鲜血从口中喷射出来，晓曼昏厥在土堆上。

洪县医院，抢救室。

贺小斌在昏暗的灯光下被推进不大的抢救室，全身被白布盖着。

张兰萍不敢看脸，她害怕贺小斌在她脑海里英俊神气的脸庞，会被这一眼彻底颠覆，她接受不了这一事实。但她还是忍不住扫了一眼身体："是他！应该是他！"从身高和轮廓她立刻就认定是她一直爱恋的贺小斌。

她关掉电灯，黑暗中默默地坐到病床旁的凳子上，双手轻轻地握住贺小斌的右手，嘴里喃喃地念叨："贺小斌啊贺小斌，你怎么就这么不明不白地走了，你知道我有多爱你吗！"眼泪像泉水般流淌下来。她没有去擦拭，任泪水从胸前滚落下来砸在地上。

王晓曼招魂的悲痛欲绝和张兰萍泪流满面的叨念共振出一股神奇的力量：病床上僵硬的贺小斌，好像听到有女生在大声地呼唤着他的名字，好像是一个人，又好像是两个人。仿佛一个在茫茫的田野对天呼号，一个在自己耳边絮絮叨叨。他想回头看看到底是谁在叫他，可是怎么都扭不过来。眼见自己就要消失在刺眼的天堂之光中时，他突然感觉到，在田野里呼喊他的那个女生喊了自己最后一声后，就气绝倒地。他拼尽全力，不顾一切地扭过头来，向对方伸出自己的大手……

处于朦胧中的张兰萍，突然感到自己的手被什么东西扯动了一下。她惊愕地清醒过来，立刻跳起身打开电灯，双手再次紧紧握住贺小斌的手。

她感觉到了贺小斌原本冰凉的手在升温，她屏住呼吸，目不转睛地盯着小斌的手，生怕漏掉任何细微的变化。

贺小斌的手又动了一下。

"医生，医生！"张兰萍向医生值班室奔去。

第十九章　梦结连理

　　经过几个小时的紧急抢救，直到从贺小斌的气管深处吸出带有泥沙的黄黑色浓痰之后，贺小斌终于恢复了微弱的心跳。

　　"他的生命力可真强！"抢救医生一边擦拭额头上的汗水，一边自言自语地说。

　　他一回头，看见站在墙角紧紧揪着衣襟，一副无限紧张的期待和神情焦虑的张兰萍，转身朝她走去。

　　"张同志，他的心跳现在是恢复了，但他始终处于昏迷状态，我们怀疑他的大脑受到了较严重的损伤……"

　　"大脑受伤？"张兰萍有些愕然，打断了医生的叙述。"那会怎么样？"她急急地问。

　　医生停顿下来，看着张兰萍不解的神情。

　　"来，我们坐下来讲，我给你讲讲他被救上来的情况。"医生边说边拉过来两个板凳。

　　医生的叙述把张兰萍带进淮河大洪水的现场。

淮河虽然是中国出名的大河之一，却是唯一没有直接出海口的河流。流域一旦暴雨成灾，洪水就会由各大支流如淠河、洮河、池河、沙颍河、涡河、浍河等等河流，源源不断从各个方向流入洪泽湖屯聚起来，然后再由洪泽湖通过其他水流、湖泊汇入长江。

三天前的清晨，一夜的雷电暴雨过后，洪泽湖翻滚的湖水渐渐地平息了下来。此时的洪泽湖，吃饱了来自上游的洪水，变得无边无际、浩浩荡荡。

西北方的湖堤上显得格外的寂静，湖水拍打堤岸的声音有节奏地传向远方。

洪县的刘医生作为洪泽湖抗洪巡堤的值班医生背着红十字箱默默地走着，他刚刚诊治完一个脚被划破的抗洪民兵。

"刘医生，刘医生，你看！"岸边的一个小个子民兵大声喊叫着。

刘医生顺着民兵指的方向看去：远远的有一团黑乎乎的东西向他们这个方向漂来。

"有人！"刘医生大叫起来："快，快把他打捞过来！"

几个民兵纷纷跳下水里，向那团黑乎乎的东西游去。

拉到岸边，刘医生看见一堆明显被火烧过的黑乎乎的木椽上趴着一个人，人的身上横着一条被烧焦的蟒蛇。

他把手放到那人的鼻子下面，依稀还能感到一丝鼻息。

民兵们纷纷围拢过来，一个个露出不可思议的诧异的表情。

175

他又连忙用两指压在那人脖子的动脉上。

片刻，他眼睛一亮，喊了起来："还活着，他还活着！"他看周围的民兵还没有反应，立刻大声命令起来："快，快去拿担架，抬到救护站去！他还活着！"

在湖堤一处略显开阔的地方，飘着一面红十字旗，旗下一个方形的帐篷里散发出一阵阵消毒水的气味。刘医生和一个小护士站在打捞起来尚有一丝生命迹象的贺小斌面前不知如何下手。

"快救啊，你们快救他啊！"张兰萍听到这儿，忍不住大叫起来。

刘医生被她的叫声从回忆叙述中拉了出来。他看看盯着自己的张兰萍，有点无奈地说："我们真的不知该如何下手救他。他脸上有明显烫伤造成的皮肤脱落。腹部和胃部有明显的进水迹象。可是当我们要给他排水时，又发现肋骨有多处骨折，身上有多处软组织擦碰伤。我们检查他的意识时，发现他陷入深度的昏迷中。"

医生停顿了一下，接着说："我们为了弄清他的身份，也是为了治疗他的外伤，脱掉他的衣服检查，看到了你的电话和名字。"

他看张兰萍似乎明白了事情的来龙去脉就接着说："我们把他运到我们县医院，一方面给你打电话，一方面继续抢救他。我们这里条件有限，只能是排水、输液、吸氧，维持他的心跳和呼吸，等你来确认身份。"

张兰萍没有插话，默默地听着。

"从他脸上的烫伤，我们分析……"医生想起张兰萍还没有看过贺小斌的脸，便转了一下话题说："你先看看他的脸吧。"

张兰萍从未见过烫伤是什么样子，她毫无心理准备地向贺小斌走了过去。从认识贺小斌开始，她虽然暗恋着，爱慕着，却出于少女的羞涩从来不敢正面直视小斌的眼睛和脸庞。现在，贺小斌静静地躺在自己面前，她觉得自己是唯一可以救活他的"亲人"，她不能回避，必须直面他的伤情。

她镇定了一下自己的情绪，向贺小斌的脸上看去。"啊——？！"她惊叫一声，向后连退两步，呆在了那里。

刘医生连忙扶住张兰萍："来，来，我们还是这边坐着谈吧。"他边扶边拉地把张兰萍拖回原来的凳子上。

"我们分析，在水里有这么严重的烫伤，一定是那晚强雷电击的。"医生说着也坐了下来，他没有注意到张兰萍惊吓后失色的面容。

"张同志，如果仅仅是烫烧造成的外伤，问题不大，可以治愈，无非是面容难看一点。但如果是雷击太近，伤到了大脑，那就……"医生猛地停了下来。他通过张兰萍惨白的面孔和急促的呼吸，看出了张兰萍眼神的变化，他明白这个自称未婚妻的北京人已经知道事情的严重后果了。

"医生，你有话就直说吧。"张兰萍突然平静了下来。

"张同志，恕我直言，我从我们的电话通话里分析，你们不过就是大学同学，他最多是你一个比较要好的朋友，你来看他一眼已经很有情意了。"

刘医生观察了一下张兰萍脸色的变化，看她没有太大的波动，就接着说："我们看得出他是国家公职人员，你把他的具体工作单位告诉我们，我们通过抗洪指挥部通知他单位来人处理，你看行不行？"

张兰萍没有说话，她虽然听懂了医生的意思，但满脑子想的都是如何治疗贺小斌大脑受伤的事情。她明白，小斌如果长期昏迷下去，就一定会变成一个植物人，她不能让这样的事发生。

"你给我们一个线索也可以，我们可以通过组织去找……"

"不！"张兰萍猛地站起来大声喊道。

医生被吓了一跳，跟着站了起来，瞪大眼睛，张着嘴看着张兰萍。

"我带他回北京看病！"张兰萍近似歇斯底里地喊道："我要带他回北京去看病，听见没有！我要让北京的专家来诊断，不能听你们的！"

她的泪水一下子飙了出来："我不能听你们的！"说完，张兰萍抹了一把眼泪，对刘医生命令似地喊道："你们电话在哪儿？快带我去，我要给北京打电话！"

淮北张店村外。

趴伏在土堆上，虚弱悲伤的王晓曼在潺潺如水的淡黄色月光

178

的护卫下，像一个下凡落难的天使。

不知道她是昏厥在那里，还是疲劳过度熟睡了过去，她一动不动，只有身边的招魂白幡在夜风中摆动。

其实，招魂痛彻地哭喊过后，她的心境平复了许多。她是在坚信贺小斌一定会回到自己身边的信念中，迷迷糊糊地睡过去的，她太累了，她需要精神上的慰藉，哪怕是招魂这种知青并不认同的形式。

就在贺小斌被抢救回来，恢复心跳的那一刻，她的梦境里也同时出现了小斌的身影：

一台履带式拖拉机在无垠的田野里向前推进，他们两人手拉着手像蝴蝶一样飞来飞去。远处黄色的野菊花，近处蓝色的勿忘我，还有其他各种叫不出名字的色彩斑斓的小花簇拥着他们。

一座雪白的、有点像教堂的小屋出现在他们面前，屋门缓缓地开启。贺小斌一个公主抱，把她轻盈地搂在胸前，大步走进装饰一新的小屋，满屋子飞舞着手拿祝福棒的童话里才能见到的小精灵。

"我们结婚吧，晓曼！"贺小斌真诚地微笑地对她说。

她羞涩地点点头，优美的《结婚进行曲》的旋律慢慢响起，他们深情地忘我地吻在了一起……

温柔的幔帐里，两人相拥而睡，晓曼在贺小斌的怀抱里露出幸福甜蜜的微笑。

不知熟睡了多久，贺小斌从她紧抱的双臂中飘浮出来。磁石般的男中音声音在她耳边回旋："晓曼，我走了，别忘了看我给你留的信，千万别忘了看信啊！"小斌的声音渐渐远去。

"哥——哥——！"她不顾一切地从床上跳起来，向声音消失的方向追去，她那美丽的胴体向空中渐渐飘起。

月光下，修长圆润的双臂向前伸展；随风飘逸的黑发闪着金光；高高翘起的乳房微微抖动；平滑柔软的小腹闪动着玉石的光泽；丰满的双臀在空中划出绝美的弧线；芭蕾舞演员般的双腿交替地摆动着，远远看去像海底美人鱼的尾鳍。

远远逝去的贺小斌向她伸出双手，第一次流下依依不舍的泪花。

"小王。小王！"有人推搡着梦中的王晓曼。

"哥，小斌哥——等我，等等我！"晓曼一把抱住来人的胳膊，从梦中惊醒。

"小王，是我。"浓重的淮北口音在她耳边喊叫。

"哦，张主任！"晓曼这才看清眼前的人是张店村革委会主任，连忙解释说："对不住，主任，我梦见我哥了，我梦见我们结婚了。"

她看见张主任茫然的样子，突然改用淮北腔大声喊道："俺梦见俺哥娶俺啦！"

她站起来接着说："俺回屋里看俺哥给俺留的信去了。"说完，头也不回地向村里跑去。

当王晓曼走进低矮黑暗的小屋，月光在身后消失时，她才从幻梦中彻底清醒过来，她失落地坐到小斌送给她的北京式的马扎上。一股悲凉刚要升起，耳边立刻响起贺小斌的声音："好好看信，一定要按我说的去做，一定要按我说的去做啊！"

晓曼提起精神，从行李袋里拿出剩余的全部蜡烛，一根一根点燃，围绕自己摆成一个小小的心形，房屋豁然亮了起来。

她深深地吸了一口气，拿出小斌浍河大坝上给她的塑料袋，撕掉层层包裹得严严实实的表皮，一叠信纸展现在她眼前。

最上面一页是小斌写给她的信。

亲爱的晓曼：

我不得不给你写这封信。县公安局还在追捕我，我可能不能陪你走上上访之路，有些话我必须先说出来。

我一直在想，为什么我在麻尾去世的妹妹和你在温州的降生会在同一时刻；为什么会有我们北京少年宫的合作演出；为什么会有西去火车上的巧遇；更为什么会有北京大学生的我和上海知识青年的你跑到淮北来相认。这是上天给的缘分啊！我珍惜这份缘分。

缘是人类情感的源泉，它可以滋养出千万种神奇的爱情。我们之间由缘而生的爱情，虽不能说伟大却是那样的真实，虽不能说浪漫却那样曲折，我深深地爱着你，只要你能跳出农村，实现你的音乐之梦，我愿为你付出一切。

晓曼的心随着信的深入怦怦乱跳。

我不知道上天为什么让你们这些大城市长大的中学生到这穷乡僻壤里来，但我要感谢上天。没有上山下乡，我们怎么可能从中国南北两个最大的城市、两种完全不同的文化背景走到一起来呢？怎么可能让我在这里找到我儿时失去的可爱的妹妹呢？怎么可能让我们一起抗暴、抗病、抗灾、心升爱情呢？真是要感谢上天安排的缘分。

晓曼的泪水顺着脸颊流淌下来。

晓曼，我曾想过，我们干脆就在农村结婚生子，就让我们再回到近似原始的农耕文化中，就让我们在这淮北的原野上日出而作，日落而息，熄灭掉心中的理想和希望。但我不甘心啊！我更不能容忍的是：让你一个天生丽质，在最具现代文明的上海长大的、极有声乐天赋的中学生在这里虚度年华，老死他乡。这真是一种罪恶啊！我不能允许，老天爷也不能允许。我们必须抗争，你我之间的天缘必定会为你杀出一条生路，天命不可违，老天一定会成就你的声乐之梦。

晓曼深深地吸了一口气，把信贴到胸前，闭了一会儿眼睛。

晓曼，这里一共是三份材料。一份是你的华东音乐学院的复试通知书；一份是我写的控告吕主任强奸女知青，压制你上学的上访材料；另一份是北京一位将军写给安徽省知青办的信。

如果我被捕，你千万不要管我，我的事情比较复杂，你搞不明白。你一定要按我下面的计划去做，去努力，只有这样才有希望。

首先，在华东音乐学院复试前赶回上海，去找那位初试你的姓陈的女老师。看得出，她是一位很善良又对你很欣赏的老师，你把情况讲清，请求她在没有公社介绍信的前提下允许你先参加复试。

本来，现在工农兵上大学没有什么考试，只有推荐，也就是政审第一。这样的话，你是没有任何希望的。但艺术类招生却一定是反过来，艺术天赋第一，政审第二，他们总不能让一个五音不全、公鸭嗓子的人上台演出吧。这就给了你机会。所以，你一定要先拿到复试成绩，证明自己的天赋。

第二步，你去省知青办递交我替你写好的上诉材料、华东音乐学院的复试通知书和复试成绩单。

第三步，一定要想办法见到省知青办的军代表赵亚夫，把北京将军的信亲手交到他的手里。

你把这三件事做完后，就可以回张店等消息了。我相信，老

183

天不负有心人，你一定会等到好消息的。

不多写了，外面雨下得很大，天命不可知，天怒不可欺，天缘不可违。你和我、你和声乐都是天赐的缘分，让老天保佑我们，保佑你吧！

如果我突然失踪了，我们厂的梁厂长会把这封信交到你手中。他是一个和我父亲有类似经历的好人，你可以相信他。

热烈地吻你。

深爱你的小斌哥

王晓曼看着看着，感觉到全身有一股热流在滚动。她第一次读到这种有哲理、有分析、有计划、充满爱意的信。她感到自己突然从一个简单无助的少女变成了一名即将出征的斗士。

洪县医院。
天渐渐发亮，东方地平线上几抹金黄色的朝霞慢慢地向上散开。

一辆救护车静静地开到洪县医院的门口停了下来。刘医生从副驾驶一侧的车门跳下，走到车尾，拉开尾门。

不一会儿，张兰萍扶着抬着贺小斌的担架从医院大门走出。

"慢一点，慢一点！"她招呼着，随着担架钻进救护车。

救护车排气管喷出一股黑烟，向着北京方向开去，渐渐消失在滚滚烟尘之中。

淮北张店。

王晓曼踏着散开的晨光，敲开了梁厂长的门。

"梁厂长，我想收拾一下我哥的东西。"

"哦。好，好。"梁厂长边说边往外走。他看到晓曼的神情格外平静，有些诧异，试探地说："你来得正好，有件事要告诉你一下。"

晓曼停下了步子。

"我们分析贺小斌可能不在了。"他停下话看着王晓曼。

他没有看到晓曼的哭喊和眼泪，有些吃惊地接着说下去："厂里向县里申请追认他为烈士，可县里说他有政治问题，不能追认……"

"别说了，梁厂长。"

晓曼的平静让梁厂长大吃一惊。

"厂长，我想给我哥建个坟，在浍河边上。"她看梁厂长点点头，回身向贺小斌的宿舍大步走去。

浍河旁，晓曼先把贺小斌的被褥、衣服和书籍放进梁厂长深挖的长方形的坑里。然后打开小皮箱，从相册里抽出她和小斌在北京少年宫礼堂演出的合影，再把箱子也放进深坑。她手里握着小斌的最后一件遗物——京胡。

"梁厂长，埋吧！"她转过身子，把京胡紧紧搂在怀里。

不一会儿，梁厂长堆起了一个不高的锥形的坟头，他把一块木板插在坟前，上面写着："抗洪英雄贺小斌之墓。"

"梁厂长，你先回去吧，我再待一会儿。"晓曼看梁厂长做完这一切后，轻轻地说。

"小王，不要太伤心了。小斌的尸体还没有找到，去没去世还不能肯定。你先去考试，我们还会继续找的。"他看晓曼点点头，倒退着离去。

晓曼慢慢坐下，搂抱着坟堆，闭上双眼，眼泪再也忍不住地像溪水般流淌下来。

她任泪水流淌，她和小斌的天缘奇恋像电影一样一幕一幕在她眼前掠过。

不知道自己在坟前坐了多久，也不知道自己流了几次泪，流了多少眼泪。在夕阳西斜，血红色晚霞布满天空的时候，她再一次抱了一下不大的坟头，慢慢地站了起来。

"哥，我走了。我听你的话，我一定会努力去抗争，有你保佑，我一定能够改变自己的命运。"

突然，她惊讶地发现，应该在四五月开放的蓝色的勿忘我竟然和七八月开放的黄色的野菊花星星点点地开满河堤。两种应在不同时节开的野花在这一刻同时开放，就像他们两个不搭界的人能走到一起一样的神奇。

"天意啊！"晓曼抬头看着天。

万里无云，两只不知名的大鸟并排飞向远方。她神色严肃地采摘起一把黄色的野菊花和蓝色的勿忘我，放到坟前，深深地鞠了一躬。

"哥，我还会回来看你的。如果我梦想成真上了大学，我来给你送上一束鲜花。如果我失败了，我也会回来和你埋在一起。哥，你等着我！"

晓曼的心揪在一起颤抖着，泪水再一次奔流而出。

第二十章　义女托孤

三年后，上海。

华东音乐学院的演出小剧场里，人头攒动。舞台上方的横幅书写着"王晓曼毕业独唱音乐会"。

舞台两侧对称摆放着四个大大的花篮。花篮旁一台黑色发亮的大三角钢琴格外显眼。钢琴的右边摆放好了交响乐队伴奏演员的座椅。

一个挺着大肚子、三十岁左右的女子缓缓走了进来，她在后排寻找到自己的位子坐下。

她左手握着一束小花，右手拿起节目单看了起来。

打开对折的粉红色的节目单，黑色四号楷书打印出的演唱曲目，从粉色中醒目地跳跃出来，映入她的眼帘。

第一首：《我们的田野变奏曲——献给长眠于淮北田野里的亲人》，她心头一震，顺序看下去，最后一首：《北京颂歌》。

她沉思起来，当灯光开始变暗，演唱会就要开始时，她突然对旁边一个学生模样的女孩子说："我有点急事不能听演唱会了，你能不能在王晓曼演唱结束后替我献上这束花？"

"可以啊！"女孩子高兴地回答。

大肚子女人把花交到女孩手里，挤出还在不断涌入的人群。

灯完全暗了下来，她回头向舞台上看了一眼，聚光灯和追光灯都已射出雪亮的光柱，交响乐队的伴奏员正陆续走上舞台。她掉转头，走出剧院，身后响起了雷鸣般热烈的掌声。她知道，王晓曼登台了。

两个小时的独唱音乐会接近尾声。

啊！北京啊北京！

我们的红心永远和你一起跳动，

我们的热血永远和你一起沸腾！

王晓曼把《北京颂歌》声情并茂地唱到这里时，她仿佛看到贺小斌从天安门广场向她走来。此时，钢琴和交响乐队奏出了最强音，她激动不已，用尽深情，高昂地唱道：

你迈开巨人的步伐，

带领我们奔向美好的前——程——！

歌声未落，雷鸣般的掌声像潮水般一阵高过一阵。师弟、师妹、朋友、亲戚蜂拥而上，献上手中的鲜花。王晓曼一边微笑地点头谢幕，一边接过各式各样的一捧捧鲜花抱在了怀里。

观众渐渐散去，晓曼兴奋地走回后台化妆间。她把怀中的花放在梳妆台上，坐在镜子前。

镜子里是一个气度非凡、美若天仙的女人。她上上下下、左左右右地打量着镜子里的自己，陶醉在演出的成功和化妆后自己的美貌之中。

突然，她的眼睛停在了一个角度上。镜子里左下角，一束蓝黄相间的小花被绚丽多姿的大朵大朵的百合、郁金香、玫瑰……遮掩着。晓曼一惊："勿忘我和野菊！"

她急忙扒开花堆拿出那小小的极不显眼的蓝黄相间的花束。她在小斌坟前摘花献花的场景在脑海里瞬间闪过。"小斌哥？！"她的心一下子提到嗓子眼。

她不顾一切地向外冲去，长长的演出服下摆绊了她一下，一个跟头差点趴在了地上。她拎着长裙的下摆冲回到舞台上。

小剧场里，人已散去，只剩下几盏照明用的白炽灯闪烁着淡橙色的光亮散射在一排排空荡荡的座椅上。

晓曼无奈地走回化妆间。

她把那束小花拿到眼前，反复地看着，那颗提到嗓子眼的心始终放不下来，仿佛有一种神秘的气氛笼罩在她的周围。

忽然，她发现花束的茎秆里有一点白色的东西。她急不可耐地拉下捆绑花束的皮筋，散开花朵，卷状的小纸条掉落下来。

晓曼的手开始抖动起来，她铺开纸条，上面并不是贺小斌的笔迹。

晓曼妹妹：

如果你能看到这张字条，说明你和贺小斌真有天赐之缘。小斌没有死。你在明天晚上八点到和平饭店 3 楼 301 来找我，我将告诉你一切。

张兰萍

晓曼在越来越急促的呼吸中看完字条，她不认识张兰萍，但她相信贺小斌没有死。

她又来回看了几遍字条："不，我不能等到明天！"她像弹簧一样跳了起来，拉起裙摆，不顾一切地冲出小剧场，冲出校园大门，拦下一辆疾驶过来的出租。

"快，和平饭店！快，快！"她一边拉开车门，一边高声叫着。

两个对爱情无限忠诚，对生活无限热爱，却从未谋面的女人，面对面地坐在闻名世界的和平饭店的房间里。"文革"中的和平饭店房间并不华丽却很宽敞。

"晓曼，你真的挺漂亮！"张兰萍看着王晓曼化妆的脸，真诚地赞美着。

"我哥呢？"晓曼没有理会，直截了当地问。

"别急，你先看看这个。"张兰萍从自己皮夹里抽出一张黑白照片递给晓曼。"这是我的结婚照，你看看。"

晓曼不解地接过照片看了一眼。"这个是你的爱人？"她用手指了指张兰萍身边的男人："他的脸……"

"你再仔细看看！"

晓曼听出了话里的意思，紧紧地盯着那个男的。

"小斌哥？！"她将信将疑地小声叫了出来。"这怎么可能呢？他怎么会变成这个样子呢？"晓曼的心一下子从无限美好的期望跌入冰窟之中。

张兰萍收回照片说："这就是小斌不愿意见你的原因。"

她把靠椅向前拉了一拉："晓曼，晓曼！"她看王晓曼木鸡般发呆的样子，连叫了两声。

看王晓曼回过神来，乞恳地望着自己，才平静地说："让我从头慢慢说给你听吧。"

一个多小时在张兰萍平静的叙述中过去了。

张兰萍收住话题，喃喃自语地说："你和小斌有天赐的缘分，我和小斌何尝没有啊？我们是初中同学、大学同学；'文革'他遇难，我陪他走过；他为你上访，我帮助过他；他抗洪落水，身上唯一留下的是我的电话；他命悬一线，严重毁容，只有我在他身边。这难道不也是缘分吗？"她的声音有些颤抖。但她很快发现自己有些失态，停下了讲话。

"兰萍姐，我……"王晓曼被张兰萍千里奔驰洪泽湖，把贺小斌救回北京的事感动得不知说什么才好。

张兰萍向她摆了一下手，止住了晓曼。

"过去的事就不说了，我找你来，除了告诉你贺小斌还活着以外，还有一件更重要的事情和你商量。"

她看晓曼没有再吱声，接着说："小斌自从毁容后，他的清高、自傲、目空一切的劲儿消失得无影无踪。他不愿意见人，几次想偷偷地离开我。后来两件事让他平静了下来。一件是他从梁厂长那儿知道你考上了音乐学院。另一件是他自己考上了社科院的社会学研究生。"

她停了一下，看晓曼在平静地倾听，接着说下去："他说，你考上了音乐学院，他心中的一块石头落地，可以睡得着觉了；他说，自己丑陋了不要紧，有我陪伴就满足了；他最后说，他要在后半辈子把生命献给社会的改革，人可以丑陋，社会不能再丑陋下去了。"

"再后来，我们就很自然地结婚了。"张兰萍在一种幸福的微笑中结束了讲话。

"小斌哥在哪儿？我要见他！"王晓曼仿佛没有听到贺小斌和张兰萍已经结婚的话。

"本来，今天晚上我们是一起去听你的音乐会的。可是，当他在后台看见你时，他害怕了，退却了，他不愿意破坏他在你心中的美好形象。他说，你仙女般的美丽和天籁般的声音和他丑陋的面容根本无法共处。他让我留下，让我和肚子里的宝宝代替他听完你的音乐会。他独自去了外滩。"

王晓曼猛然想道：音乐会开始前的后台，一个满脸布着烧伤疤痕的人走进她的化妆间，他们对视了一眼，那人转身匆匆离去。

"我要去找他！我要去找他！"晓曼再也控制不住自己的情感，转身向外跑去。

"等一等，我陪你去。"张兰萍拦住晓曼说："你听我把话讲完，我陪你去，我知道他在哪里。"

晓曼看看张兰萍挺着的大肚子，很不方便的样子，停下脚步，有点不好意思地坐回椅子上："兰萍姐，你说。"

张兰萍拉着晓曼的手放在自己隆起的肚子上，以一种难以言表的口气说："晓曼妹妹，这是我和小斌的孩子，已经八个月了。"

她突然伤感起来，叹了一口气说："可惜，孩子出生以后，可能就没有妈妈了……我想让你做孩子的妈妈，可以吗？"

"什么？！"晓曼大惊失色，下意识地抽回自己的手。

"是这样，"张兰萍平静下来说："我有严重的先天性心脏病，医生讲是主动脉方面的疾病，无法治疗。他们劝我最好不要结婚，绝对不能生孩子。"

她看着晓曼的眼睛："你说，我这么爱小斌，怎么可能不和他

194

结婚？怎么可能不为他生个孩子呢？"

"小斌知道吗？"晓曼急了起来，显得很紧张。

"他不知道，我怎么可能让他知道呢？！"兰萍苦涩地笑了一下，又把晓曼的手拉回到自己的肚子上。"来上海前，刚刚做完产检，这个孩子很健康，我要把这个孩子生下来，一定要生下来！"张兰萍眼睛射出坚定的光芒。

"那你……"

"我很可能死在产床上。"

张兰萍的平静让王晓曼不知所措："兰萍姐……"

"你什么都不要说，只要回答我——如果我真的在生宝宝时过去了，你愿不愿意做孩子的妈妈？"张兰萍坚定而带有无限希望的目光直视着王晓曼。

晓曼别无选择，也不能选择，毫不犹豫地点点头。

"好，好妹妹！"张兰萍拍了一下晓曼的手站了起来。"你了却了我的一个心病。我真要好好谢谢你！"

"兰萍姐，那我就先回学校了。"晓曼已经完全明白了张兰萍找她来和平饭店的目的。

"我陪你去看看小斌吧。"

"不，不啦，我们还是不见的好。"晓曼知道自己所处的地位，她必须在张兰萍生下孩子之前远离贺小斌。

"晓曼妹妹，暂时不见也好，这件事是我们两人之间的秘密，我会安排好以后的事情的。"她搂过晓曼的肩膀，轻轻说："你们之间的缘分不会断的！"

"我听你的，萍姐。知道小斌哥还活着我就已经很高兴了。你好好保重，好好把宝宝生下来。我祝福你们，祝福你和小斌幸福。"晓曼说完，转身走出房间。

王晓曼呆呆地站在和平饭店的门口，她好像做了一场梦刚刚醒来，又好像仍在梦里飘浮不定。

她的脚下是闻名遐迩的南京东路，向西是学校方向，向东是外滩。她无法相信贺小斌那英俊的脸庞会布满伤疤，更不知先天性心脏病会不会让产妇有生命危险，她不知道老天为什么要这样安排她的命运。

她鬼使神差地向东走去，步履蹒跚地穿过中山东路，沿着台阶登上外滩，一眼就看见了贺小斌的背影。

贺小斌挺挺地站在黄浦江边，习惯性地把手放在身后。

身后是灯火阑珊的万国建筑群，白日里车水马龙的中山东路安静得像个处女。他的脚下无声流淌着滚滚不息、滔滔不绝的黄浦江。上游不远处，象征上海工业和现代文明的外白渡桥像卧龙一样睡在那里。下游十六铺码头的江面上，停泊着各式各样的渔船和摆渡船。宽阔的江面上，一条不知国籍的万吨邮轮无声无息、缓缓地向上游驶来。江的对岸是灯光稀疏、昏昏暗暗、等待开发的浦东大地。

海关大楼的钟声响起，划破夜空。

"当——当——当——"

新的一天，在午夜钟声后开始。

尾章　天缘如月

时代可以荒诞，

爱情因为神圣——不可玷污。

时代可以终结，

爱情因为神奇——不会停步。

两个月后，张兰萍在分娩中用力过猛，先天性的主动脉夹层导致主动脉大出血，逝世在产床上。

她微笑地离去，给贺小斌留下了一个漂亮的女儿和一封希望让王晓曼当孩子妈妈的遗书。

贺小斌没有按遗书的要求去做，而是请姐姐帮助抚养女儿。

五个月后，王晓曼没有等到张兰萍的任何信息，她认为一定是母子平安。在一种极其复杂的心情中，她选择了去报考美国的音乐学院，出国深造。

两年后，贺小斌硕士研究生毕业，他申请重返安徽农村，以挂职副县长的身份投入中国农村改革的最前线。

又一个五年过去了，王晓曼以著名女高音歌唱家的身份，返回祖国。

北京，某电视台演播厅。

"全国少儿歌手大赛"决赛，正在现场直播。

强烈的聚光灯把舞台照得如同白昼，几个机位的摄像机从不同的角度把小歌手容貌的最好角度、歌唱的最佳表现、评委老师的风采、现场观众的热情，通过无线电波即时地播放到各家各户。

一个小男孩刚刚演唱完，观众的掌声此起彼伏。一台带滑道的摄像机，从评委的面前滑过。王晓曼微笑地坐在评委中间，和一个金发碧眼的外国评委小声交流着，等待下一位小歌手上台。

"下面参赛的是最后一位选手——8 号选手，让我们热烈欢迎！"主持人甜美的声音响起，观众和评委都安静了下来。按大赛规矩，选手只报临时抽签的序号数，不报名字。

一个七八岁，漂漂亮亮的女孩走上舞台，向评委们鞠了个躬。

"我演唱的歌曲是《我们的田野》！"

王晓曼的心咯噔了一下。

随着小姑娘的演唱，她立刻回到了三十年前自己在北京少年宫演唱的情景中。她下意识地向小姑娘的左后方看去，想找到伴奏的钢琴和弹伴奏的人，一无所有。她从回忆中醒来，淡淡一笑。

伴奏带的交响乐效果把小姑娘的演唱推向了高潮。

我们的田野，

美丽的田野。

碧绿的河水，

流过无边的稻田。

无边的稻田，

好像起伏的海面。

……

晓曼又一次被带到回忆之中。她仿佛看到贺小斌用拖拉机飞一样地把她拉到考场，用京胡为她伴奏《我们的田野》，她的眼角开始湿润起来。

小姑娘甜美的演唱刚刚结束，王晓曼顾不上现场的气氛和评委的纪律要求，匆匆离席追上退到后台的小姑娘。

"小同学，小同学！"她喊住小姑娘。

小姑娘回头一看，是评委老师，有些不知所措地愣在了那里。

"小同学，你唱得真好，能告诉我你的名字吗？"

小姑娘闪动着大大的水汪汪的眼睛："我叫晓萍。"

"小平。"晓曼没有想到会是这么普通的名字。

"不是小平，是晓萍！拂晓的晓，浮萍的萍。"小姑娘看出了老师的误读。"这也是我的艺名！"她小大人似地叫到。

"你还有艺名？"王晓曼笑了起来。

"那当然，我还在学京戏呢！"小姑娘骄傲地扬起头。

"你叫晓萍？"王晓曼猛地感觉到这个名字好像与自己有关，重复着小姑娘的话："拂晓的晓，浮萍的萍！"

"对呀！"

晓曼一下兴奋起来，她快速地扫看着四周，没有看见大人。

"你妈妈呢？"

"不是我妈带我来的。"小姑娘略显尴尬地说："我妈妈在生我的时候就去世了。"

晓曼的心提了一下："那是谁带你来的，你爸爸？"她再次扫看着四周，心绷了起来。

"是姑姑带我来的，爸爸不在北京。"

"那你爸爸叫什么？"晓曼盯着小姑娘的嘴，心仿佛要从嘴里跳出来。

"贺小斌。"小姑娘脱口而出。

一阵眩晕，王晓曼连忙扶住小姑娘的肩膀。

"老师，你……"

"快，快带我去找你姑姑！"王晓曼再也按不住如此长时间压抑在心头上的火山，拉着小姑娘的手向外奔去。

淮北。

夕阳西斜，残阳如血。

在溪县招待所院子里，贺小斌跳下一辆老旧的绿色吉普车。他刚刚从基层蹲点回来，满身满脸都是土。

"贺副县长，明天我们几点出发？"司机停好车，走到小斌面前。

"明天我们去张店，挺远，就早点吧，六点！"他向司机挥挥手："你快回去吧，好好休息。"说完，一面拍打着身上的灰土，一面转身向自己招待所的房间走去。

推开房门，贺小斌刚刚跨进房门一只脚，还没落地，就连忙缩了回来。

平时，他的房间由招待所阿姨打扫，只是扫个地，擦一下桌椅，其他的地方都不许阿姨动。而眼前的房间，除了打扫得干干净净外，房间里的所有东西都被重新摆放和布置：书架被挪到朝阳的一面墙下，平时到处乱放的书籍被整整齐齐地码放在书架上；书桌从房屋中央搬到南窗的下面，报纸摆在一起放在书桌的一角；四尺宽的单人床由东西向变成了南北向，床上换上了崭新的床单和被子，厚厚的被子蓬松叠放，像一个大大的面包。

贺小斌不敢相信自己的眼睛。他拉开电灯，轻手轻脚地走进房间，巡视起来。看着看着，鼻子一阵发酸，眼睛蒙上一层泪水。

他用过的那把京胡，竖靠在书架的最上一格，弓子上的松香在灯光的照映下闪动着点点荧光。

新铺的床单中央，红线摆放出一颗心形，心形的中央摆放着他和晓曼少年宫演出的合影，心形的尖头上是他再熟悉不过的两颗雪白油润的心形和田玉。

"晓曼！"贺小斌叫了出来，转身向外冲去。

刚刚跑到门口，书桌上玻璃杯里的一束蓝黄相间的小花留住了他的脚步。玻璃杯下压着一张字条，他抽了出来。

亲爱的小斌哥：

不知道你什么时候能回来，我就先去张店村了，我也很想那里的老乡。

小斌哥，不管你现在变成什么样子，你都永远是我最亲的人，你我之间的缘分是天注定的，"天命不可违"是你说过的，我听你的。

其实，兰萍姐早就和我有约定，让我做你女儿晓萍的第二个妈妈，我等着你娶我过门！

永远爱你的晓曼

往事像电影一样一幕一幕地在贺小斌眼前闪动，三十几年的人生变幻，十几年天缘创造的奇恋，令贺小斌早已沉寂下来的心又一次剧烈地跳动起来。

他仿佛又回到那个被追捕的夜晚，他冲到院子里，跳上吉普车，从驾驶台下掏出一把各种颜色的电线，选出两根红色的，一拽，一碰，火花打起，油门轰响。小斌一松离合器，吉普车飞似地向张店方向驰去。

一轮明月从东南方升起，大大的玉盘里的画影像一棵巨大的桂花树。

　　吉普车迎着圆月开去，贺小斌仿佛闻到了一阵阵沁人心肺的桂花幽香。

——完——

写在后面的话

在本人七十岁到来之际，谨将此书献给历史上被称为老五届的大学生和老三届的插队知识青年。这一代人尽管政治出身、文化背景、人生经历各有不同，但其共有的正直、坚韧、不畏艰难、勇于承担、甘于奉献的高尚精神，将像长明灯一样永不熄灭。

本书得以出版，与北京工业大学老五届的校友李庆林，马世田，应自龙以及青年朋友施勤的鼎力推荐和真诚帮助密不可分。